KB251971

2회 피카디리 K-art 프라이즈 대전 금상을 받고 Art Korea 방송 인터뷰를 했다. (피카디리국제 미술관, 2021. 3. 13.)

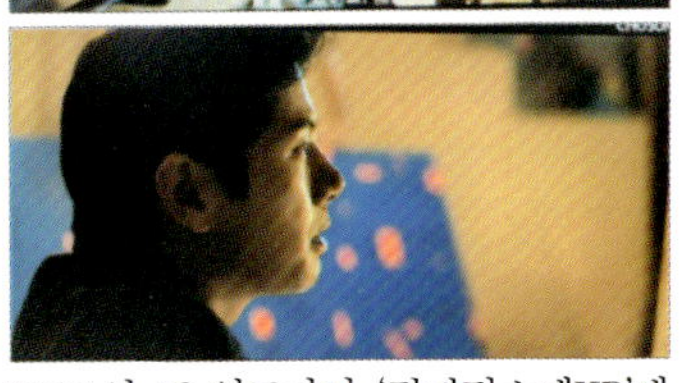

TV조선 토·일드라마 '컨피던스맨KR'에 작품협찬으로 저자의 추상작 그림이 방영되었다. (2025. 9. 14.)

영국 런던 테이트모던 갤러리에서 제가 좋아하는 작가 CY
Twombly (USA 출생, Italy활동)의 작품 앞에서(2010. 8. 31.)

김연희(홍익미대대학원 졸)작가의 개인전을
홍익미대 김태호 이열교수와 함께 축하하
며(조선일보사 갤러리 2017. 5. 3.)

한국미술협회 회원전 오픈식 사회
자 협회 사무총장 문병식과 윤송아
(화가, 배우, 탤런트)와 협회 자축
을 하며(서초 예술의 전당, 2018.
11. 13.)

사이를 걷다

사이를 걷다

초판 1쇄 발행 2026년 4월 15일

지은이 백경자

펴낸이 강기원
펴낸곳 도서출판 이비컴

디자인 최은경
마케팅 박선왜

주 소 서울시 동대문구 고산자로 34길 70, 431호
전 화 02)2254-0658 팩 스 02-2254-0634
메 일 bookbee@naver.com
출판등록 2002년 4월 2일 제6-0596호
I S B N 978-89-6245-246-4 (03800)

＊ 집필 과정에서 문장 다듬기를 위해 AI를 일부 활용했음을 밝힙니다.

백경자

에세이

다시 겨울, 그때의 나에게 가는 길

사이를 걷다

이비락樂

차례

여행을 지독하게 싫어한다.

체력 탓만은 아닐 것이다.

결재창에 클릭을 누르기까지 수차례 이 질문을 되뇌었다.

'굳이 지금?', '굳이 거기로?'

시간이 흘러도 내 마음은 늘 한 곳을 향해 있었다.

누군가 나를 기다리고 있는 것만 같았다. 또 그 그리움에

가슴이 사무치기도 했다.

그래서 용기를 내어 그곳으로 가보려 한다.

뱃고동 소리를 다시 듣고, 짠 바다 내음을 가슴 깊이

들이마시며,

그때의 나를 다시 만나려 한다.

30대의 청춘을 온전히 보냈던 그곳에서.

낯선 언어와 문화 속에서 서툴게 버텨내던 그곳에서,

젊은 날의 나를 다시 만나려 한다.

그래서 그때의 나를 조용히 안아주고, 다독이며,

오래도록 따뜻하게 보듬어 주련다.

· 2026 봄, 백경자 씀

북해
플렌스부르크
Flensburg
킬
Kiel
슈트랄준트
Stralsund
코우
Ko
로스토크
Rostock
함부르크
Hamburg
그로닝겐
Groningen
브레멘
Bremen
암스테르담
Amsterdam
하노버
Hannover
네덜란드
로테르담
Rotterdam
카셀
Kassel
라이프치히
Leipzig
브뤼허
Brugge
쾰른
Köln
독일
릴
Lille
벨기에
리에주
Liège
프랑크푸르트
Frankfurt
am Main
프
P
룩셈부르크
필센
Plzeň
만하임
Mannheim
뉘른베르크
Nürnberg
파리
Paris
레겐스부르크
Regensburg
스트라스부르
Strasbourg
슈투트가르트
Stuttgart
프라이부르크
Freiburg im
Breisgau
뮌헨
München
린즈
Linz
바젤
Basel
취리히
오스트리아
디종
인스부르크
출처 Google Maps

결제와 취소 사이
——— 마우스 위에서 비행 중

취소냐, 결제냐. 오늘도 마우스 커서를 빙빙 돌리며 망설인다. 목적 없이 겉도는 커서를 보고 있자니, 내 인생의 방향마저 함께 휘청이는 기분이다.

결국 홀린 듯 버튼을 눌렀다. 가야만 할 것 같은 기분, 누군가 나를 기다릴 것 같은 예감에 '운명'이라는 거창한 이름표까지 붙여가며 저지른 일이다. 하지만 결제가 확정된 순간, 안도감 대신 익숙한 불안이 고개를 들고, 마우스를 붙잡고 있는 스스로에게 이렇게 묻는다.

'굳이?'

순간, 실행의 개운함보다 선택의 찝찝함이 몰려온다. 이건 분명 병이다. 결정을 해놓고도 더 나은 대안을 찾으며 스스로를

괴롭히고, 이미 내린 선택을 끊임없이 복기하며 오답으로
만들어버리는 지독한 선택 장애.

이번도 예외는 아니다.

'굳이 지금?', '굳이 거기로?'

머릿속에선 합리적인 의심과 회의적인 질문들이 쉴 새
없이 꼬리에 꼬리를 문다. 하지만 마음 한구석은 단호하게
'지금'이라고 말한다. 내일의 나는 오늘보다 더 겁쟁이가
되어있을 거라고, 그러니 바로 지금 움직여야 한다고 말이다.

마음의 나침반도 마찬가지다. 이미 한 방향을 가리키고
있다. 삼십 대의 젊음을 통째로 쏟아부은 곳, 두 아이를 키우며
치열하게 살아냈던 곳에서 그때의 나를 다시 만나라고, 아니
지금의 나를 그때의 시간 속에서 다시 확인하라고 부추긴다.
오만가지 잡다한 생각들이 잦아들 무렵, 화면 속 작은 비행기
아이콘이 부드럽게 회전하더니 승인 메시지를 띄웠다. 그
망설임의 찰나도 이젠 어제 일이 되어버렸다.

사이를 걷다

떠남과 버팀 사이

———— 설렘이 사치이던 시절

나는 여행과는 거리가 먼 인간 유형이다. 남들이 세계 지도에 핀을 꽂으며 가슴 설렐 때, 그 옆에서 '안 가도 될 이유'를 찾는다. 사람들은 말한다. 외국에서 좀 살다 왔으니 여행 욕구가 없는 것이라고. 하지만 유학은 여행과 결이 완전히 다르다.

여행에는 설렘이라는 기본 옵션이 깔린다. 낯선 풍경에 눈이 반짝이고, 생경한 언어에 귀가 쫑긋해지며, 일상의 책임감을 잠시 잊는 해방감. 그것이 여행이 주는 매력이다. 하지만 유학 생활은 다르다. 그것은 숨 가쁜 버팀의 연속일 뿐이다.

여행자가 여유를 즐길 때 유학생은 학점과 집세를 걱정해야 하고, 여행자가 불편함을 '특별한 경험'으로 즐길 때 유학생은 그것을 '해결해야 할 과제'로 마주해야 한다.

여행자는 여행지에서 손님으로 환대받지만, 유학생은 그곳의 일원이 되기 위해 끊임없이 발버둥 쳐야 한다. 낯섦 속에서 억지로 웃는 법을 배워야 하고, 서툰 언어 뒤로 밀려드는 소외감과 외로움을 스스로 삭이며 견뎌야 한다.

사람들은 저마다의 상상력을 발휘해 내게 묻곤 한다. 독일에서 7년이나 살았으면서 주변 나라들을 휩쓸고 다닐 기회가 많지 않았냐고. 물론 환경만큼은 완벽했다. 마음만 먹으면 주말마다 자동차를 몰고 어느 나라든 자유롭게 넘나들 수 있는 최적의 요건이었다. 그런 조건만 따진다면 유럽 전체를 몇 바퀴는 족히 돌았을 법하다. 하지만 문제는 '마음'이 아니라 늘 '통장 잔고'였다. 유럽 한복판에 살면서도 자동차는커녕 마음의 여유조차 없었기에, 인접한 국경을 마음으로만 수십 번 넘나들어야 했다.

귀국 후의 사정은 더했다. 직장, 살림, 자녀 교육이라는 '현실 적응 프로젝트' 앞에 해외여행이란 단어는 사치일 뿐이었다. 그런 상황에서 어느덧 여행은 나와 상관없는 먼 나라 이야기가 되었고, 누군가 휴가 계획을 물으면 애써 태연한 척 이렇게 대답하곤 했다.

“어딜 가요? 에어컨 아래 있는 내 집이 최고죠.”

여행과 유학 사이

—————— 나를 만나러 가는 길

돌연 '해외여행'이라는 카드를 꺼내 들었으니, 스스로도 놀랄 수밖에 없었다. 평소 철저히 목적 지향적으로 살아온 터라 더더욱 그랬다. 어딜 가든 분명한 이유가 있어야 마음이 편한 성격이라, "오늘은 맛집이나 한번 가볼까?" 같은 막연한 제안은 내 인생에 좀처럼 등장하지 않는 대사다. 남들 다 가는 명소에서 판에 박힌 포즈로 사진을 찍거나, 유명 식당을 찾아가 "역시 현지의 맛은 다르네" 하며 감탄하는 일도 내게는 여전히 낯설고 어색하기만 하다.

거기다 찍고 도는 패키지여행은 더더욱 체질이 아니다. '아침 7시 집합'이라는 말만 들어도 벌써 하루치 에너지가 절반쯤 소진되는 기분이다. 버스에 오르자마자 들려오는 "이동 시간은 두 시간입니다"라는 안내와 한참을 흔들리는 버스에서 시달리다 도착한 목적지에서 가이드가 외치는 상황은 상상만으로도 현기증이 난다.

"자, 오른쪽 보세요! 중세 시대의 성입니다! 다 보셨죠? 이제 왼쪽으로 이동하실게요!"

그런 상황이라면 현장에서 중세의 유구한 역사를 훑는 것보다는 당장 엉덩이 붙일 의자 하나 찾기에 급급할 게 뻔하다. 결국 내게 이런 방식의 여행은 휴식이 아니라 '체력 소모'의 또 다른 이름일 뿐이다.

이토록 여행에 서툴고 취향은 까다로운 데다, 명분 없이는 좀처럼 움직이지 않는 나를 흔든 동인은 무엇이었을까. 과연 나에게 어울리는 여행은 어떤 모습이어야 할지 깊이 고민할 수밖에 없었다. 단순한 갈망을 넘어 비행기표라는 실체를 손에 쥐고 나니, 스스로를 이해시킬 명분은 한층 더 절실해졌다.

결국 빽빽한 일상의 가장자리에서 나도 모르게 작은 틈을 간절히 찾고 있었던 모양이다. 목적과 성과로 점철된 인생의 문장들 사이에 이제는 잠시 쉼표 하나를 찍어야 할 때가 왔다는 자각. 그 막연하면서도 강렬한 갈망이 이번 여행을 현실로 만든 출발점이었다.

어쨌든 이번 여행에서 남들이 다 가는 맛집에 줄을 서거나 정해진 그 장소, 그 자리에서 인증샷을 찍겠다고 바둥거리지 않을 것이다. 누군가 짜준 코스 대신 내가 가고 싶은 방향으로 천천히 발을 옮기고, 풍경보다 내 마음속 깊이 묻어둔 시간을 꺼내볼 것이다. 젊은 날의 열정과 불안이 뒤섞였던 거리, 도전과 실패가 머물던 골목, 웃음과 눈물이 교차하던 그 시간 속을 다시 걸으며, 그때의 나를 다시 만나보련다.

클릭과 한숨 사이
——— 그림 같은 집을 지우다

여행 기간은 2주로 잡았다. 일주일은 너무 짧고, 열흘은 무언가 어정쩡하다. 오가는 비행시간에 시차 적응까지 고려하면, 자칫 '여행을 다녀왔다'기보다 '비행기만 타다 왔다'는 허무함이 남을 것 같았기 때문이다. 무엇보다 7년의 기억을 천천히 되감기에는 최소한 2주라는 시간이 필요해 보였다. 낯선 듯 익숙한 도시의 공기에 몸을 맡기고, 잊고 지낸 감각들을 깨워 지난 삶을 가만히 갈무리하기 위해서는 그 정도의 시간적 여백이 간절했다.

비행기표를 예매하고 기간까지 확정 짓고 나니, '굳이 지금?'이라며 발목 잡던 의구심도 슬그머니 사라졌다. 망설임이 사라진 자리에 실무적인 과제가 고개를 내밀었다. 2주간의 쉼을 온전히 지탱해 줄 든든한 베이스캠프, 바로 숙소를 정할 차례였다.

숙소 예약을 위해 마음을 가다듬고 모니터 앞에 앉았다. 하지만 마우스를 쥔 손가락은 이내 갈 길을 잃고 멈춰 선다. 결정을 내려야 하는 순간마다 어김없이 터져 나오는, 지독한 독백이 다시 시작된 것이다.

'딱 하루만 더 고민해 보자.'

숙소는 여행의 출발점이자 0순위로 해결해야 할 과제건만, 며칠째 모니터 앞에서 클릭과 한숨만 무한 반복 중이다. 다시 마음을 다잡고 에어비앤비를 열어 해당 도시의 지도를 수십 번 확대하고 줄여본다. 위치에 가성비를 따지고 후기까지 낱낱이 읽어보지만, 후기로는 결정하기가 애매하다. 저마다 "생각보다 좋아요", "주인이 친절해요"라는 뻔한 칭찬들로 도배되어 있기 때문이다. 이젠 이 방 저 방을 헤매며 너무 많은 탭을 열어놓은 탓에, 어디가 어디인지조차 구분이 안 갈 지경이다.

정말이지 이런 뒤죽박죽을 끝내고 싶다. 아니, 끝내야 한다. 그렇다면 선택지 정리가 필요하다. 가성비냐, 감성이냐, 아니면

사이를 걷다

고민 없는 체인 호텔이냐, 이 셋 중 하나를 골라야 한다. 그런데 이성은 실용을 응원하지만, 마음은 아직도 낭만 쪽에 머물러 있는 게 문제다.

1층엔 넓은 거실과 주방,
2층엔 볕 잘 드는 침실.
계단을 오르내리며 커피 한 잔의 사색을 즐기고,
주말이면 시장에서 신선한 채소와 갓 구운 빵으로 식탁을 차리고 등등.

영화처럼 완벽한 이 장면 속에 머물며 꿈결 같은 며칠을 보냈다. 그러나 결국 돌아가야 할 현실을 인정하듯, 묵묵히 고개를 끄덕이고 만다.
'그래, 이런 집들은 죄다 도심에서 한참 멀어. 차 없는 여행객에는 비현실적이야.'

솔직히 외곽의 단독주택 비용이 시내 중심지 숙소와 별반 차이가 없다. 그러니 마음이 흔들리는 건 당연하다. 하지만 숙박비가 아무리 저렴한들 교통이 불편하면 결국 말짱 도루묵이다. "렌터카를 빌리면 되잖아?"라는 유혹도 있었지만,

내게 독일에서의 운전은 또 다른 장벽이다. 독일 교통법규를 이제 와서 익힐 생각을 하니 머리부터 아파온다.

'그래, 그림 같은 집은 그냥 그림으로 남겨두자.'

이렇게 선택지 하나를 버리니 마음이 한결 가벼워진다. 이제 남은 건 체인 호텔과 현지 에어비앤비 사이의 마지막 저울질뿐이다. 호텔은 관광객에게는 천국이다. 지친 몸으로 돌아오면 침대는 말끔하게 정리되어 있고 수건은 새것으로 교체되어 있으며, 화장실은 반짝거림 그 자체일 테니까. 걷고, 보고, 찍고 난 뒤엔 호텔의 쉼이 최고의 영양제인 것은 말할 필요가 없다. 하지만 이번 여행의 목적은 단순한 '관광'이 아니지 않은가. 내 목적은 '추억 소환'과 '쉼'이다. 30대 청춘이 거닐던 그 골목과 공원을 걷고, 단골 빵집을 들르며 그때의 나와 마주하는 것. 그런 목적 앞에 서니, 숙소가 굳이 호텔일 이유도 사라졌다.

망설임과 결제 사이
———— '취사가능'이라는 네 글자

선택을 미루는 사이, 마음에 들었던 숙소들이 하나둘 '예약 완료' 딱지를 달고 사라졌다. 조급한 마음에 오늘만큼은 결정하리라 마음먹고 컴퓨터 앞에 다시 앉았다. 검색창에 도시 이름을 넣고, 전원주택과 호텔은 거르며 사진 속 방들과의 씨름을 시작했다.

완벽한 사진과 리뷰를 훑으며 마음속 계산기도 바쁘게 두드렸다.

'1박에 70유로, 2주면… 거기에 환율을 곱하면….'

역시 만만치 않다. 그뿐이랴. 거기에 앱 수수료까지 덧붙여 계산해 보니, 제대로 '현타'가 왔다. 복잡한 상황에 부딪치면 일단 미루고 보는 고질적인 성격이 다시 머리를 들었다. '그래, 숙소는 무슨 숙소야. 오늘은 여기까지.' 하며 무심코 스크롤을 내리던 순간, 내 눈에 선명한 문구 하나가 걸려들었다.

"기차역까지 도보 20분, 취사 가능."

'취사 가능'이라는 네 글자에, 막혔던 숨통이 탁 트이는 기분이었다. 사실 에어비앤비 숙소를 훑다 보면 의외로 취사 불가인 곳이 수두룩했다. 매끼 외식을 하며 물값에 팁까지 쏟아부을 걸 생각하면 떠나기 전부터 지갑이 너덜너덜해지는 기분이었는데, 이 문구가 모든 고민을 한 번에 해결해 주었다. 어쩌면 그동안 이 결정적인 한 줄을 찾지 못해 결제를 미뤄왔는지도 모른다. 높은 물가에 외식비 걱정이 앞섰던 내게, 직접 요리할 수 있는 이곳은 더 이상 '비싼 집'이 아니라 '살아볼 만한 집'으로 다가왔다.

'그래, 유럽식 아침을 내 손으로 직접 만들어 먹는 거야!'

상상만으로도 가슴이 설렜다. 결심을 굳힌 뒤 마우스 위에 올려둔 손가락에 힘을 주어 예약 버튼을 눌렀다. 그리고

금발에 머리숱이 반쯤 날아간 인상 좋은 주인장에게 조심스레
메시지를 보냈다.

"안녕하세요. 한국에서 가는 여행자입니다. 2주간 방을 빌릴
수 있을까요?"

다음 날 돌아온 답장은 짧고 명쾌했다.

"예약 가능합니다."

하지만 이후 몇 번의 확인 질문이 더 오갔다.

"흡연하시나요?"
"파티 계획은 없으시죠?"
"요리는 얼마나 자주 하실 건가요?"

꼬리를 무는 질문들. 이쯤 되니 내가 방을 고르는 게 아니라
머물러도 좋다는 '허락'을 기다리는 처지가 된 듯했다. 혹여
답변 하나에 '탈락'할지도 모른다는 생각에 평범한 대답조차
신중히 적었다. 비흡연자이면서도 '절대 피우지 않습니다'라고

한 번 더 강조하는 식으로 말이다.

  이런 깐깐한 통과의례를 거치고 나니 조바심은 더 커졌다. 자칫하면 이 귀한 기회가 사라질까 봐 서둘러 결제까지 마쳤다. 화면에 '예약 확정' 문구가 뜨는 순간, 비로소 팽팽했던 긴장이 풀리며 참았던 안도의 한숨이 터져 나왔다. 수십 개의 탭을 띄워두고 계산기를 두드리던 며칠간의 고군분투가 주마등처럼 스쳐 지나갔다.

  '그래, 이만하면 최선의 선택이야.'

  스스로를 다독이며 노트북을 덮었다. 마치 밀린 숙제를 끝낸 학생처럼 마음은 한결 가벼워졌다. 예약 확정 알림 하나에 벌써 갓 구운 빵 냄새가 코끝을 자극하는 듯했고, 여행지의 서늘한 바람결이 느껴지는 것만 같았다. 나의 마음은 그렇게, 몸보다 먼저 여행을 시작하고 있었다.

결심과 합리화 사이
_______ 언어는 가서 하는 거야

숙소 예약을 마치고 커피 한 모금을 들이켜자, 마음 한 켠에 기분 좋은 여유가 찾아왔다. 그동안 선택을 앞두고 시끄러웠던 속도 확실히 누그러졌다. 결정을 미루며 끝없이 꼬리를 물던 의문들도 더는 고개를 들지 않았다.

'조금 더 찾아봐야 할까?', "이게 최선의 선택일까?"와 같은 망설임이 깨끗하게 사라졌다.

비행기표와 숙소 예약이라는 큰 산을 넘었으니, 세밀한 '여행 준비 모드'에 돌입할 차례였다. 메모장을 펴고 필요한 목록들을 하나둘 적어 내려갔다. 상비약부터 지인의 선물까지, 목록은 순조롭게 채워졌다. 잊으면 다시 적고 모자라면 더 사면 될 일이었다. 그런데 종이 위에 적힌 물건들이 늘어날수록, 정작 머릿속을 복잡하게 뒤흔든 숙제 하나가 선명해졌다. 물건처럼 단번에 사서 채워 넣을 수 없는 것, 그건 바로 '언어'였다.

한때는 혀끝에 제법 익숙하게 맴돌던 단어들이, 이제는 기억의 저편으로 아득히 밀려나 있었다. 유학 시절에도 결코 만만치 않았던 나의 독일어 실력은 17년이라는 세월 속에 녹슬 대로 녹슬어 한없이 어눌해져 있었다. 독일어 특유의 발음은 무뎌졌고, 명사의 성별이나 격변화 같은 복잡한 규칙들 역시 자취를 감춘 지 오래다.

격변화 하나에 문장의 의미가 흔들리는 그 까다로운 문법을 생각하니, 잊고 있던 과거의 팽팽한 긴장감이 다시금 밀려왔다. 지금 내게는 짐 가방을 채우는 것보다, 잠자고 있던 '언어의 감각'을 깨우는 일이 훨씬 시급했다.

사실, 오랜만에 느껴보는 이런 긴장감이 영 싫지만은 않았다. 생각해 보면 이 또한 나에게 주어진 또 다른 도전의 시간이기 때문이다. 예전에는 어색한 웃음으로 상황을 대충 얼버무렸다면, 이번만큼은 어눌할지언정 정석대로 문장을 갖춰 말해보고자 하는 욕심도 생겼다. 제대로 소통하는 것, 그것이 이번 여행에서 마주할 설레는 또 하나의 도전이 될 것 같다.

이 원대한 플랜을 완수하기 위해 선택한 처방은 독일어 회화 강좌였다. '이번엔 진짜다!'라는 각오로 매일 한 강씩 꾸준히 듣겠노라고 다짐했다. 틈만 나면 이어폰을 꽂고 초심으로 돌아가 기초적인 인사말부터 다시 익혔다. "Guten Tag, Wie geht's?" 같은 표현이 입가에 매끄럽게 맴돌 때면, 잊었던 기억이 새록새록 되살아나는 것 같아 내심 반가웠다. 하지만 그것도 잠시, 분리 동사들이 하나둘 등장하면 이내 의욕이 꺾였다.

"아니, 시험 보러 가는 것도 아닌데 꼭 이렇게까지 해야 해?"

이런 깨달음(?)이 오자 그 때부터 속도가 눈에 띄게 줄었다. 처음엔 하루에 한 챕터씩이었다가 이틀에 한 챕터로, 그다음엔 '언젠가 다시 듣지'로 변했다. 공부는 어느새 재미보다 의무가 되었고, 설렘 대신 피로로 돌아왔다. 출국일이 가까워질수록 미뤄두었던 숙제를 향한 합리화와 함께, 반쯤은 자포자기한 마음이 고개를 들었다. 결국 입 밖으로 진심이 튀어나왔다.

"몰라! 예전에도 완벽하진 않았잖아."

맞다. 생각해 보면 그때도 유창하지 않았다. 아니, 그러지 않아도 괜찮았다. 친구들은 내 어눌한 독일어 속에서도 찰떡같이 뜻을 알아차렸고, 투박한 문장을 인내로 참으며 들어주었다. "네가 말하려는 게 이거지?" 하며 웃어주던 그들의 표정이 지금도 눈에 선하다. 그런 친구들이 기다리고 있는 한, 완벽하지 않아도 이번 여행은 충분히 의미 있을 것이다.

여기에 결정적인 깨달음 하나가 더해졌다.

'이번 여행은 생존이 아니잖아.'

유학 시절의 독일어가 삶을 버티기 위한 절박한 '생존 도구'였다면, 이번은 다르다. 시험을 치러 가는 것도 아니고, 논문을 쓰기 위해 문장력 향상에 매달릴 필요도 없다. 그저 사람을 만나고 그 순간을 온전히 느끼기 위한 언어면 족하다. 그 사실을 인정하자, 비로소 마음이 편안해졌다. 그리고 스스로에게 이렇게 선언했다.

'언어는 가서 하는 거야!'

사이를 걷다

그 말 한마디로 모든 번민이 정리됐다. 나는 미련 없이 교재를 덮고 단어장을 책상 위에 올려놓았다. 완벽한 문장보다는 진심 어린 한마디에, 정확한 발음보다는 따스한 눈빛과 미소에 기대볼 생각이다. 독일어 실력은 그때보다 못하겠지만, 이번에는 두려움 대신 여유를, 부담 대신 그리움과 설렘을 안고, 마음으로 나누는 대화를 시작해 보려 한다.

클릭과 반품 사이

캐리어는 말 그대로 '굴러다니는 이력서'다. 겉면에 새겨진 흠집 하나, 모서리에 붙은 스티커 한 장에도 지난 여정의 이야기가 켜켜이 쌓여 있다. 그뿐만 아니라 주인의 성격과 취향, 나아가 삶의 궤적까지 고스란히 투영하기도 한다. 겉모습만 보아도 주인장이 톡톡 튀는 감성을 지닌 청춘인지, 노련한 여행의 달인인지, 아니면 첫 비행을 앞둔 풋풋한 초보인지 단번에 읽힌다.

또한, 캐리어는 든든한 '이동식 생존 키트'가 되어준다. 타지에서 급할 땐 작은 슈퍼마켓으로, 몸이 아플 땐 비상 약국으로 변신하며, 지칠 땐 묵직한 등받이가 되어준다. 때로는 간이 식탁이나 이동식 옷장으로, 때로는 비밀 금고의 역할까지 수행한다. 그 좁은 몸집 안에 일용할 양식과 상비약, 그리고 소중한 추억까지 꾹꾹 눌러 담아낸다. 그래서 캐리어는 여행의 가장 믿음직한 동반자이기도 하다.

무엇보다 캐리어의 진짜 매력은 설렘의 상징이라는 점에 있다. 공항 바닥을 스치는 경쾌한 '드르륵' 소리는 단순한 소음이 아니다. 그것은 곧 시작될 여행을 알리는 두근거리는 전주곡이다. 무거운 일상을 뒤로하고 자유를 향해 나아가는 기분 좋은 신호음이기도 하다. 바퀴 구르는 소리를 듣고 있노라면, 발은 비록 지면을 딛고 있을지라도 마음은 구름 위로 이륙해 버리고 만다.

그런데 없다. 그런 상상과 설렘의 상징인 캐리어가 집에 없다. 다용도실 문을 열고 위아래로 훑어보았다. 한때 '세계로!'를 외치며 유학길에 들고 갔던 이민 가방 하나가 아직도 거기, 묵직한 추억과 함께 버티고 있을 뿐이다. 거기에 20인치 작은 가방 하나는 덤으로 서 있다. 이젠 지난 이야기를 담고 있는 것이 아니라, 앞으로의 시간을 함께할 캐리어가 필요해졌다.

급하게 검색창에 '여행용 캐리어'를 치는 순간, 작은 전쟁이 시작되었다. 눈앞에 펼쳐진 건 숫자와 단위로 이루어진 복잡한 미로였다. 20인치, 24인치, 28인치… 도대체 인치는 왜 이렇게 많은지. 게다가 브랜드마다 인치를 센티로 바꿔놓는 기준 또한 제각각이었다. 어디는 24인치가 60cm라 하고, 또 어디는 65cm란다. 게다가 요즘 캐리어는 어찌나 진화되었는지, '방탄 지퍼', '360도 회전 바퀴'에 '충격 흡수 하이브리드 쉘'까지, 지퍼형은 이미 고전이 됐고, '금고형', '프런트 오픈형', 심지어 'USB 충전형'까지 등장했다. 캐리어와 친한 삶을 살아본 적이 없던 내게, 이것은 또 하나의 신세계였다.

이 복잡한 상황을 돌파하기 위해 후기 탐색에 나섰다. 별 개수로 표시되는 소비자의 만족이 곧 시장의 평가로 이어지는 시대이니, 그걸 믿고 보는 것도 무리는 아닐 것 같았다.

"튼튼해요!", 그리고 바로 밑엔 "이틀 만에 깨졌어요". 극과 극의 후기들이 끝없이 이어지는 스크롤 속에서, 문득 눈에 딱 걸리는 문장이 하나 있었다.

"여행 중 후회하지 않으실 겁니다"
'그래, 여행에 후회는 없어야지.'

심호흡하고, 결심하듯 클릭 버튼을 눌렀다. 그런데 결과는 참담했다. 도착한 캐리어는 생각보다 꽤 컸다. 인치의 함정에 빠져 제대로 크기를 가늠하지 못한 탓이다. 결국 첫 선택은 실패. 그래서 두 번째 시도는 훨씬 더 신중했다. 인치 실수를 빼려고 더 꼼꼼히 들여다보았다. 거기에 이왕이면 유행을 한번 타보기로 했다. 후기 속 '깔끔하고 튼튼합니다'라는 문구가 세 번 이상 등장한 제품만 남겨, 후보군을 좁히고 최종적으로 클릭 버튼을 눌렀다. 며칠 뒤, 문 앞에 도착한 캐리어를 보는 순간, 이런 첫마디가 절로 나왔다.

'이게… 이렇게 컸다고?'

인치 확인을 분명 했는데, 막상 받아보니 상상 이상의 크기였다. 선택한 모델인 '금고형'의 둘레 너비를 미처 고려하지 못한 것이다. 결국 또다시 반품. 그때야 비로소 주제 파악이 되었다.

'유행과 나는 안 맞아'

스스로를 다독이며 다시 원점으로 돌아왔다. 예전처럼

24인치 일반형으로 확정 버튼을 눌렀다. 며칠 뒤 도착한 캐리어는 적당한 크기에, 적당히 굴러가고, 적당한 기능들이 들어간 무난한 모델이었다. 그때 마음속에서 한마디가 터져 나왔다.

'그래, 단순한 게 최고야'

그제야 지난 며칠의 난리와 삽질이 떠올랐다. 캐리어가 뭐라고 후기 뒤지고, 비교표 만들고, 반품에 반품을 거듭한 것인지. 그나마 마음에 드는 캐리어를 찾아서 다행이지, 그렇지 않았더라면 그 과정에서 더 깊어진 노안과 재발한 건초염 때문에 억울할 뻔했다. 결국 이번 여행의 첫 희생자는 비행기표도, 지갑도 아니었다. 바로 내 시력과 오른손 검지였다.

가벼움과 과잉 사이
———— 설렘은 가볍고, 준비는 버겁다, 가벼운 여행은 없다

캐리어가 도착하자 본격적으로 짐 싸기에 돌입했다. 짐의 분류는 단순하다. 옷가지, 상비약, 음식, 그리고 선물.

'일단 옷부터 넣자'로 시작했다. 그런데 옷을 꺼내 펼쳐놓는 순간, 거실은 금세 옷 가게 진열대처럼 변했다. 반팔을 넣으면 '아침엔 추울 텐데' 싶고, 긴팔을 넣으면 '낮엔 덥지 않을까?' 걱정이 밀려오고. 계절이 여름이지만, 독일의 일교차를 생각하니 마음이 쉽게 정해지지 않았다. 결국 반팔, 긴팔, 가디건, 점퍼까지 모두 넣었다. 하지만 캐리어 지퍼가 잘 닫히지 않는다. '그래, 이건 너무 두꺼워'하며 하나를 꺼내면, 5분 뒤엔 '아니야, 아침엔 필요할지도 몰라' 하며 다시 넣는다. 이렇게 넣었다 빼기를 반복하다 보니 에어컨은 기능 포기 선언을 한 지 오래고, 방 안은 금세 후끈해졌다.

그다음은 상비약 차례다. 소화제, 감기약, 두통약, 밴드, 파스, 거기다 영양제까지 챙기다 보니 파우치 한 칸이 금세 가득 찼다. 그런데도 손은 멈추지 않았다. 멀미약, 비염약, 알레르기약, 지사제, 연고, 심지어 모기약까지 챙겼다. 뜬금없이 모기약을 챙긴 건, 독일도 온난화 영향권에서 자유롭지 못하다는 소식에 내 얇은 귀가 반응해 버린 결과다. 그 중 '이건 안 써도 되겠지?' 하며 몇 개를 꺼내보지만, '없으면 꼭 필요해지는 게 약이잖아' 하며 다시 원위치다. 결국 줄일 수 있는 건 아무것도 없다. 가서 아플 일이 없기를 기대하지만, 그래도 '혹시'라는 불안이 올라오니 어쩔 수 없다.

음식 코너로 넘어가는 순간, 괜히 마음부터 들떴다. 여행을 조금이라도 해본 사람이라면 안다. 해외에서 찾는 필수품이 결국 '고추장과 라면'이라는 사실을. 현지에서 고기와 소시지 냄새에 지치고, 버터가 입안에서 질릴 만큼 녹아내리는 순간이 온다는 것을. 그러면 열이면 열, 어김없이 고향의 맛을 찾는다. 나 또한 그 대열에 합류하여 컵라면을 아주 소중하게 캐리어에 담았다. 그리고는 여행지에서 뜨거운 물을 붓고 3분을 기다릴 장면을 떠올렸다. 그 기다림 끝에 면발을 한 젓가락 들어 올리는 그 순간까지. 마지막으로 고향의 맛을 채워 넣을 차례였다.

스틱형 된장과 청양 고춧가루를 가방 한쪽에 챙겨 넣으며 생각했다. 이제는 타인의 시선을 신경 쓰지 않고, 내가 사랑하는 그 맛을 보란 듯이 마음껏 즐기겠노라고.

이제 남은 건 선물 꾸러미다. 만날 사람은 분명 네 명인데, 포장된 선물은 다섯 개다. 숫자를 다시 세어 봐도 결과는 같다. 잠시 고민하다가 이내 명쾌한 결론을 내린다. 사람 일은 모르는 법이니 여분 하나쯤은 필수라는, 꽤 그럴듯한 자기합리화를 해본다.

물건을 하나 넣고, 둘을 빼고, 다시 하나 집어넣기를 수차례 하다 보니 어느새 땀방울이 등줄기를 타고 흘렀다. 에어컨이 힘차게 돌아가고 있었지만, 방 안의 공기는 여전히 후끈했다. 뻐근한 허리를 펴며 꽉 찬 캐리어를 내려다보았다. '이제 정말 다 됐겠지?' 스스로에게 확신에 찬 질문을 던지는 찰나, '아, 충전기!' 하는 비명과 함께 다시 가방을 연다.

캐리어와 이렇게 한바탕 씨름을 벌이다 보니, 문득 '카드 한 장 달랑 들고 떠나는 게 평생의 소원'이라던 어느 지인의 말이 떠오른다. 그때는 웃어넘겼던 그 말이 결코 가벼운 허세가 아니었음을, 이제야 온몸으로 이해할 것 같다.

사이를 걷다

계획과 돌발 사이
———— 비, 정체, 그리고 질주

출발 당일, 알람보다 먼저 잠을 깨운 건 굵은 빗소리였다. 창밖을 때리는 소리만으로도 오늘 여정이 순탄치 않으리라는 예감이 엄습했다.

'이럴 줄 알았으면 어제 미리 올라가는 건데….'

언제나 그렇듯 후회는 늘 한 박자 늦다. 이미 흘러간 시간을 되돌릴 수도, 쏟아지는 비를 멈출 수도 없었다. 이제 남은 선택은 하나, 망설임 없이 도로 위로 몸을 던지는 것뿐이었다.

다행히 출발 초반은 나쁘지 않았다. 버스는 빗길 위를 조심스럽게, 그러나 안정적으로 미끄러져 나갔다. 눈에 띄는 정체도 없었다. 이 정도면 여유 있게 도착하겠다는 근거 없는 낙관이 슬그머니 고개를 들었다. 불안을 부추기던 장대비가 잦아들자, 비에 젖은 도로와 새벽 가로등이 빚어내는 풍경이 눈에 들어왔다. 긴장이 풀린 창밖은 어느새 '영화 모드'로 바뀌었고, 나는 영화 속 주인공이라도 된 것처럼 빗길 풍경 속으로 빠져들었다.

하지만 여유는 늘 그렇듯 그리 오래가지 않았다. 공항 진입 나들목에 들어서자 '공사중'이라는 표지판이 시야에 들어왔다. '불길함'이라는 단어가 이보다 더 잘 어울리는 순간이 있을까. 그 표지판을 기점으로 도로는 순식간에 활력을 잃더니 이내 완전히 멈춰 섰다. 차들은 제자리에서 단 1미터도 나아가지 못했다. 정체가 10분, 20분을 넘기자, 차 안 공기도 무겁게 가라앉았다. 창밖 풍경에 머물던 탑승객들의 시선은 어느덧 휴대전화 속 시계만 쳐다보며 초조해하고 있었다.

정체가 30분을 넘어서자, 낭만적이었던 빗길은 순식간에 냉혹한 현실로 돌아왔다. 초보 여행자인 내 심장도 덩달아 뛰기 시작했다. '설마 비행기 놓치는 건 아니겠지?'라는 불길한 생각이 머릿속을 스쳤다. 조급한 것은 나만이 아니었다. 앞 좌석 승객은 연신 창밖을 보며 깊은 한숨을 내쉬었고, 옆자리에서는 비행기 출발시간에 못 맞출까 봐 걱정하는 소리가 조심스럽게 느껴졌다. 불안은 전염성이 강했다. 낮은 수군거림과 깊어지는 숨소리가 뒤섞이며 버스 안은 팽팽한 긴장감으로 가득 찼다.

도로 위에서 그렇게 꼬박 한 시간을 갇혀 있었다. 교통체증과 빗길, 초조함 이 삼박자가 마음을 괴롭혔다. 그런데 역설적으로 애써 붙들던 기대를 내려놓자, 마음이 고요해지기 시작했다. 도착 시간을 계산해 본들, 창밖을 매섭게 노려본들 차가 움직일 리 없으니까. 내가 바꿀 수 있는 게 없다는 사실을 인정하자 '이런 돌발 상황도 여행의 일부겠지'라는 생각이 스며들며 마음이 한결 편안해졌다.

그때였다. 차들이 조금씩 꿈틀대며 전진하기 시작했고, 순간, 기사님이 비장하게 마이크를 집어 들고 이렇게 물었다.

"화장실 가실 분, 없으시죠?"

짧은 질문이었지만 메시지는 분명했다. 멈추지 않겠다는 선언이었다. 기사님은 마이크를 내려놓자마자 간이 휴게소를 그대로 지나쳤고, 액셀을 한층 더 세게 밟았다. 승객들 역시 이미 각자의 방식으로 결심을 한 얼굴들이었다. '지금은 참아야 할 시간'이라는 공감대가 형성되었고, 백미러로 슬쩍 비친 기사님의 눈빛에서는 '무슨 일이 있어도 오늘 비행기는 꼭 태우겠다'는 단호한 의지가 느껴졌다.

그 질주 끝에 확보한 시간은 탑승까지 약 1시간 30분. 안심하기엔 넉넉지 않고 체념하기엔 이른, 그야말로 심장을 쥐고 흔드는 애매한 시간이었다. 전날 미리 해둔 모바일 체크인이 신의 한 수였다. 그 덕에 수하물만 체크인 카운터에 거의 투척하듯 맡기고, 보안 검색대까지는 마라톤 선수처럼 질주해 통과했다.

마침내 탑승구 앞에 섰을 때, 전광판에 선명하게 뜬 '탑승 중(Boarding)'이라는 세 글자가 시야에 들어왔다. 그 글자를 마주한 순간, 비로소 묵직한 안도감이 밀려왔다. 기내 좌석에 깊숙이 몸을 묻고 안전벨트를 채우자, 참았던 긴 한숨이 저절로 새어 나왔다. 새벽부터 집요하게 따라붙던 긴장감도 그제야 조용히 사라졌다.

비와 교통체증, 기사님의 비장한 질주까지. 내 여행은 그렇게

   사이를 걷다

요란한 신고식을 치르며 시작되었다. 화려하진 않았어도, 잊지 못할 강렬한 서막이었다.

비행과 인내 사이

──────── 도착 전까지는 모르는 일

솔직히 여행을 준비하며 가장 걱정했던 건 짐 분실도, 시차 적응도 아니었다. 진짜 겁이 났던 건 비행시간, 그 자체였다. 목적지까지 비행시간만 꼬박 13시간. 숫자로만 보면 '그저 앉아 있으면 되겠지' 싶다가도, 막상 그 시간을 비좁은 의자 위에서 버텨야 한다고 생각하면 마음이 먼저 지쳐왔다. 출발 전부터 '과연 이 시간을 온전히 견뎌낼 수 있을까'라는 걱정이 머릿속을 떠나지 않았다.

막상 이륙하고 나니 처음 몇 시간은 의외로 괜찮았다. 안전벨트 사인이 꺼지고, 영화 한 편을 골라 보고 기내식 트레이를 한 차례 받아 들 때까지는 모든 게 순조로웠다. 창밖을 보며 어디쯤일지 짐작도 해보고, 그새 '생각보다 할 만한데?'라는 근거 없는 자신감마저 들었다.

문제는 그다음부터였다. 비행 8시간을 넘어가자 이건 단순한 체력의 문제가 아님을 깨달았다. 허리는 서서히 굳어갔고, 무릎은 이유 없는 통증으로 자기 존재감을 드러냈다. 급기야 엉덩이뼈까지 아파오기 시작했다. 자세를 바꿔봐도 편안함은 찰나였고 불쾌함은 길었다. 다리를 꼬았다가 풀었다, 허리를 세웠다가 굽혔다를 무한 반복했다. 옆 사람에게 양해를 구하며 복도를 들락날락하는 것도 수차례, 하지만 나아지는 건 없었다. 체력의 한계가 온몸을 조여오던 그때, 구세주 같은 안내 방송이 귓가를 스쳤다.

"승객 여러분, 우리 비행기는 곧 프랑크푸르트 공항에 도착할 예정입니다."

비행기 바퀴가 활주로에 닿는 순간, 온몸을 짓누르던 피로가 한꺼번에 씻겨 내려가며 '살았다'는 안도감이 터져 나왔다. 비록 몸은 고목처럼 뻣뻣하게 굳었을지언정, 무사히 독일에 도착했다는 사실 하나만으로 충분했다. 하지만 안도하기엔 아직 이르다. 비행기에서 내리자마자 또 다른 관문이 기다리고 있었기 때문이다. 바로 이체에(ICE) 고속 열차를 타고 5시간을 달려야 최종 목적지인 '키일(Kiel)'에 닿을 수 있기 때문이었다.

‘그래도 비행기보단 낫겠지.’

공항에서 기차역으로 이동하며 이렇게 스스로를 다독였다. 기차는 그래도 눈치 덜 보며 자리에서 일어날 수는 있으니까 말이다.

기차는 예정된 시각에 맞춰 출발했다. 하지만 여행이 늘 그렇듯, 방심한 틈을 노려 예상치 못한 변수가 나타났다. 출발한 지 얼마 지나지 않아 전광판에 ‘연착’ 안내가 뜬 것이다. ‘정확성의 나라’라는 독일의 명성과는 다르게 기차 연착은 이곳에선 꽤 익숙한 풍경이다. 전광판을 확인하고 안내 방송을 듣고, 앱을 새로고침하며 캐리어를 끌고 이리 뛰고 저리 뛰는 모습이 일상인 이유가 바로 여기에 있다.

어쨌든 공사 구간을 피해 우회하느라 도착 시간이 2시간이나 늦어진다는 안내 방송이 나왔다. 승객들은 동요하기는커녕, 마치 예정된 일상인 양 덤덤한 기색으로 받아들였다. 그래도 저마다의 사정은 있는 법, 승무원들은 승객들 사이를 오가며 침착하게 상황을 수습하기 시작했다. 그들은 미안하다는 말 대신, 과자와 음료를 들고 다니며 “이것 좀 드셔보세요”라며

                    사이를 걷다

넌지시 간식을 건넸다. 물론, 고작 간식 서비스 몇 번으로 모든 상황을 퉁칠(?) 그들은 아니다. 독일 철도의 연착 보상 체계는 생각보다 확실했다. 1시간 이상 지연 시 요금의 25%, 2시간을 넘기면 50%를 환불해 준다. 건네받은 과자를 씹으며 속으로 계산기를 두드려 보니, '어라, 이 정도면 꽤 참을 만한데?'라는 생각이 들었다. 달콤한 간식에 확실한 보상까지 더해지자, 연착으로 인한 짜증과 피곤은 언제 그랬냐는 듯 눈 녹듯 사라졌다.

연착까지 포함해 무려 7시간 만에 기차는 목적지 키일에 도착했다. 플랫폼에 발을 내딛자, 긴장이 풀리며 몸이 살짝 휘청였다. 하지만 발끝에서 전해지는 안도감은 긴 여정의 마침표를 찍었다는 실감으로 온몸에 잔잔하게 퍼져 나갔다.

아날로그와 디지털 사이
———— 반가운 딸깍 소리

　다시 찾은 키일(Kiel)은 낯설지 않았다. 오랜만에 방문한 도시라기보다, 잠시 자리를 비웠다가 돌아온 정든 동네 같은 느낌이랄까. 역에서 내리자마자 마주한 플랫폼은 기억 속 모습 그대로였고, 코끝을 스치는 바람에는 여전히 짭조름한 바다 내음이 묻어 있었다. 기차역 인근 부두에 정박한 하얀 요트들과 그 위를 맴도는 갈매기들, 그리고 멀리서 들려오는 묵직한 뱃고동 소리까지. 모든 것이 어제 본 풍경처럼 익숙하게 느껴졌다.

　세월은 흘렀어도 도시는 여전히 바다와 함께 숨 쉬며 제자리를 지키고 있었다. 그사이 변한 것은 오직 나뿐이다. 과거의 내가 하루를 '버텨내야 했던 사람'이었다면, 지금의 나는 그 시간을 여유롭게 '되짚어보는 사람'이다. 이제는 그만큼의 여유가 허락되었으니, 오직 목적만을 향해 분주히 걸었던 그 길들을 이번에는 발길 닿는 대로 걸어보려 한다. 가끔은 멈춰 서서, 그 길 위에 서 있던 예전의 나를 가만히 추억하면서 말이다.

도시가 선사하는 반가움도 찰나, 몸이 정직하게 반응하기 시작했다. 당장 필요한 건 낭만이 아니라 당장이라도 누울 수 있는 안식처였다. 정신을 차리고 가방을 챙겨 숙소로 향했다. 중앙역에서 도보로 20분. 지도 앱의 안내를 따라 울퉁불퉁한 돌길 위로 캐리어를 덜그럭거리며 걷다 보니 어느새 숙소 앞이었다.

현관 벨을 누르자 기다렸다는 듯이 주인장이 문을 열고 나왔다. 사진 속 모습 그대로, 반쯤 벗겨진 머리에 멋쩍은 미소를 가득 머금은 얼굴이었다. 인사를 나누고 5층짜리 연립주택 안으로 그를 따라 들어갔다.

그런데 내가 머물 곳은 4층이란다. 13시간의 비행과 7시간의 기차 이동을 버텨낸 몸에게 마지막 '계단 오르기 챌린지'가 기다리고 있을 줄이야. 캐리어를 들고 고행 같은 계단을 하나하나 오르며, 내 여행 계획에 이 높이를 계산하지 않았음을

그제야 후회했다. 3층쯤 이르자 나도 모르게 혼잣말이 새어
나왔다. "그래, 이것도 여행이지."

전혀 위로가 되지 않는 주문을 외우며 낑낑댄 끝에 드디어
4층에 발을 들였다. 주인이 문을 열자 정돈된 방이 모습을
드러냈다. 창틈으로 스며든 초저녁 바람에 살랑이는 녹색
커튼과 방 안의 아늑한 온기. 그리고 정돈된 고요함이 낯선
여행자의 긴장을 부드럽게 풀어주었다.

주인은 숙소 전담 도슨트라도 된 양 거실부터 화장실까지
돌며 실용적인 생활 정보들을 설명했다. 근처 빵집 위치부터
항구로 가는 법까지, 모든 설명에는 "여기가 처음이죠?"라는
전제가 짙게 깔려 있었다. 한참 설명을 이어가던 그는 호기심을
참지 못하겠다는 듯 '고객 탐색 모드'로 전환했다. 아시아에서
이 독일 북단의 도시까지 도대체 어떤 연유로 오게 되었는지,
그는 눈빛으로 묻고 있었다.

자초지종을 설명하자, 그의 얼굴에 감돌던 낯선 경계심이
단번에 녹아내렸다. 이제 대화는 자연스럽게 도시의 근황으로
이어졌다. 유난했던 여름 날씨와 '킬러 보헤(Kieler Woche)'

축제 기간의 북적거림까지. 어디서나 들을 법한 소소한 이야기지만 나는 진심으로 고개를 끄덕이며 공감했다. 그 여름과 그 축제의 흥분을 이미 내 마음 한구석에 간직하고 있었기 때문이다.

대화가 갈무리될 즈음, 그는 좋은 여행이 되길 바란다는 인사와 함께 묵직한 열쇠 두 개를 건네주었다.

"아시겠지만, 하나는 현관이고 다른 하나는 숙소 열쇠예요. 제 숙소는 1층이니 필요한 게 있으면 언제든 말하세요."

주인으로부터 건네받은 열쇠는 무척이나 정겹게 느껴졌다. 묵직한 열쇠를 돌릴 때마다 느껴지던 투박한 마찰음, 그 잊고 지냈던 소리가 다시금 생생하게 되살아나는 듯했다. 모든 것이 디지털로 치환되는 시대에, 손가락 끝에 지긋이 힘을 실어야만 문이 열리는 아날로그 열쇠와 명쾌한 '딸깍' 소리가 여전하다는 사실이 새삼 경이롭고도 반가웠다.

무엇보다 주인이 같은 건물에 머문다는 사실이 주는 안도감과 안정감은 생각보다 컸다. 단순히 사소한 수리나 교체 같은 현실적인 도움을 넘어, 여행자가 곤란에 처했을 때 언제든 손 내밀어 줄 이가 한 지붕 아래 있다는 사실만으로도 마음은 한결 든든했다.

　　　　　　　　　　　　　　　　　　　　　　　사이를 걷다

피로와 포근함 사이
———— 익숙한 낯섦 속으로

'자, 이제 집 탐색에 나서볼까?'

주인장의 발소리가 계단 아래로 완전히 사라지자, 비로소 온전한 혼자만의 시간이 시작되었다. 거실 귀퉁이에 캐리어를 세워 두고 크게 숨을 고른 뒤, 집 안을 천천히 훑어보았다. 첫인상은 한마디로 '익숙함'이었다. 예전에 살던 집의 구조와 놀라울 정도로 비슷했다. 좁은 복도를 중심으로 우측에는 거실과 침실, 좌측에는 화장실과 부엌이 자리한 전형적인 독일식 구조다. 처음 온 집인데도 나도 모르게 "그래, 이 느낌이지" 하고 고개가 끄덕여질 만큼 친근했다.

거실에는 넉넉한 크기의 소파와 TV가 놓여 있었다. 혼자 쓰기엔 과분하고, 둘이 앉아도 여유로울 법한 크기였다. 시험

삼아 소파에 몸을 던져보니 너무 푹 꺼지지도, 그렇다고 딱딱하지도 않은, 적당한 탄성이 엉덩이에 느껴졌다. 하루쯤은 이 소파 위에서 TV만 붙들고 아무 생각 없이 뒹굴어도 괜찮겠다 싶었다.

화장실 역시 아담하지만 깔끔했다. 물때 하나 없이 잘 관리된 세면대와 건식 샤워부스를 보니 주인장의 정갈함에 합격점이 절로 매겨졌다. 그러면서도 '신경 써서 샤워해야겠다'는 다짐이 절로 나왔다. 침실로 들어서자, 퀸사이즈 침대와 큼직한 옷장이 반겼다. 가방 속 옷들을 전부 꺼내 걸어도 넉넉한 공간을 보니, '대충 살자'던 마음이 '그래도 정리는 좀 하고 지낼까?' 하는 기분 좋은 의욕으로 바뀌었다.

주방도 나무랄 데 없었다. 4인용 식탁과 커피머신, 토스터기는 물론 각종 식기류까지 깔끔하게 정돈되어 있었다. 이만하면 '2주 살기'를 위한 베이스캠프로 더할 나위 없이 완벽했다.

굳이 흠을 잡자면 '4층'이라는 높이였다. 방금 계단을 오르며 턱끝까지 차올랐던 숨이 여전히 생생한데, 이를 여행 내내 매일 반복해야 한다는 사실이 유일한 장벽이었다. 하지만 그건 내일의 내가 걱정할 몫. 첫날부터 계단과 기싸움을 벌이며 진을 뺄 필요는 없었다. 오늘의 가장 중요한 일정은 '잘 쉬는 것'이고, 지금 이 집이 무척 마음에 든다는 사실 하나면 충분했다.

방 구경을 마치고 지친 몸을 침대 위로 던졌다. 무겁지도 가볍지도 않게 몸을 감싸는 이불의 무게와 적당한 베개 높이. 손끝에 닿는 촉감을 확인하는 순간 직감했다. 오늘 밤, 아주 깊고 달콤한 잠에 빠질 것이라는 사실을.

나는 잠자리에 유독 예민하다. 끼니는 대충 때워도 되지만, 잠을 설치면 다음 날의 집중력은 처참하게 무너진다. 침구의 두께, 촉감, 높이. 이 삼박자 중 하나만 어긋나도 숙면은 남의 나라 이야기가 된다. 특히 온도와 촉감에 예민해 여름에도 포근한 이불을 찾고, 겨울엔 얇은 패딩을 잠옷 삼아 입어야 안심하는 편이다. 그런데 이번엔 달랐다. 준비된 침구가 놀랄 만큼 몸에 착 감겼다. 그 포근함에 안겨 눈을 감자, 긴 비행의 피로와 여정 내내 팽팽했던 긴장이 일순간 녹아내렸다. 여행의 질은 결국 잠에서 결정된다는 사실을, 이 평온한 정적 속에서 비로소 실감하는 순간이었다.

흥정과 생존 사이
——— 결핍으로 빛나던 시절

　이른 아침, 알람이 채 울리기도 전에 눈이 떠졌다. 그새 커튼 사이로 스며든 햇살이 방 안을 조용히 밝히고 있었다. 평소라면 조금 더 이불 속을 뒹굴며 단잠을 청했겠지만, 오늘은 달랐다. 무언가에 홀린 듯 망설임 없이 이불을 박차고 일어섰다.

　마음 한구석에서 설렘인지 그리움인지 모를 감정이 일렁이자, 그 정체를 확인해야겠다는 생각에 마음이 급해졌다. 잊고 지냈던 어떤 풍경이, 혹은 그 풍경 속에 머물던 예전의 내가 나를 부르고 있는 것만 같았다. 세수는 최소한의 성의만 보인 채 마치고 바람막이 하나 대충 걸쳐 입고 문을 나섰다. 목적지는 이미 정해져 있었다. 기억 속에 박제되어 있던, 그 광장이다.

가는 길 어귀에 갓 구운 빵 냄새가 진동했고, 출근길을 재촉하는 자전거의 경쾌한 바퀴 소리가 귓가를 기분 좋게 스쳐 지나갔다. 오랜 시간이 무색하게, 이 도시의 아침은 그때나 지금이나 변함없이 활기찼다.

마음속에 그리던 광장에 다다르자, 가슴이 뛰기 시작했다. 이유는 간단하다. 그곳은 유학 시절을 버티게 해 준 생활의 중심지였기 때문이다.

시청 광장에선 한 달에 한 번 벼룩시장이 선다. 누군가에겐 이 시장이 주말의 한가로운 구경거리겠지만, 유학생이던 내게 이곳은 삶의 중심지였다. 한 달간 빼곡하게 적어둔 물품들을 사기 위해 벼룩시장을 손꼽아 기다렸으니까 말이다. 부족한 형편을 탓하기보다 주어진 선택지 안에서 최선을 다해 살아보려는 이에게 벼룩시장은 가장 실용적인 해방구였던 것이다.

광장은 마치 시간의 흐름을 비껴간 듯 예전 모습 그대로였다. 건물의 색감도, 투박한 돌바닥의 질감도 그대로였고 교회 첨탑은 여전히 하늘을 찌를 듯 우뚝 솟아 있었다. 그 한복판에 서자 벼룩시장에 얽힌 조각들이 하나둘 수면 위로 떠 올랐다.

'맞아, 저쯤에서 꽤 괜찮은 바지 하나를 건졌지.'

'저 모퉁이에서는 냄비 하나를 두고 주인과 한참이나 가격 흥정을 벌였었고.'

'저쯤 어딘가에서는 고장 난 카세트 플레이어 때문에 판매자와 얼굴 붉히며 실랑이를 벌이기도 했었지.'

기억은 꼬리에 꼬리를 물고 이어졌고 어느새 나를 수년 전 그 소란스러운 아침으로 데려다 놓았다. 그때의 나는 벼룩시장의 노련한 사냥꾼이었다.

벼룩시장이 서는 날이면 전날부터 마음이 분주했다. 사고 싶은 것은 넘쳐나는데, 주어진 예산은 한정되어 있었기 때문이다. 동트기 전부터 시장에 도착해 가격표를 훑으며, 머릿속 계산기를 예산에 맞춰 팽팽 돌려댔다. 그러고는 꼭 필요한 것들만 날카롭게 스캔해 장바구니에 담았다. 흥정은 웃으며 시작하되 아래와 같이 호락호락하게 물러서지 않도록 스스로 조심하면서 말이다.

"3유로요? 음, 1유로 30센트 어때요?"

"그럼 2유로에 가져가요."

사이를 걷다

주인이 타협안을 내놓으면, 나는 바로 쐐기를 박았다.

"좋아요, 그럼 1유로 70센트 어때요?"

그러면 마음 약한 주인들은 못 이기는 척 고개를 끄덕여주곤 했다. 지금 돌아보면 고작 몇 센트 차이에 왜 그토록 연연했나 싶지만, 당시 내게 그 차액은 한 주의 식탁 풍경과 장보기 계획을 결정짓는 무거운 문제였다. 그래서 내 표정은 늘 비장했고, 계산은 치밀할 수밖에 없었다. 그것은 하루하루를 성실히 일궈내려는 간절함이 담긴, 나만의 치열한 삶의 방식이랄까. 무엇보다 중고 물품 하나에도 세상을 얻은 듯 환호하던 아이들의 얼굴, 그리고 알뜰하게 살림을 꾸려냈다는 소박한 성취감. 그것들을 지키기 위해 나는 매번 벼룩시장을 치열하게 누볐다.

벼룩시장은 소박하면서도 그 어떤 곳보다 뜨거웠던 삶의 최전선이었다. 이제는 빛바랜 풍경이 되었지만, 잠시 이 광장에 머물며 그때의 나를 가만히 마주해 본다. 절박했기에 부끄러움을 몰랐던, 결핍을 삶의 동력으로 삼았던 그 시절의 나를.

서류와 기도 사이

────── 여기까지인가, 아니면 계속인가

시청 광장 옆길을 돌자, 그 악명 높던 '비자 연장 사무소'가 모습을 드러냈다. 이제는 그 앞을 담담하게 지나치며 미소 지을 수 있지만, 그 시절은 달랐다. 문 앞에 서기만 해도 어깨가 굳고 심장이 빠르게 뛰곤 했다. 낯선 나라에서 삶을 계속 이어갈 수 있을지, 아니면 모든 계획이 여기서 멈출지가 이곳에서 결정되었기 때문이다.

비자 연장을 위한 준비는 늘 철저했다. 필요한 모든 증명서와 서류의 배열까지 완벽을 기했다. 그리고 그 사이사이 간절한 기도까지 겹겹이 끼워 넣었다.

"넥스트!(Nächst, 다음)"

문이 열릴 때마다 터져 나오는 담당 공무원의 단호한 음성. 그 부름 앞에 대기석의 외국인들은 약속이라도 한 듯 일제히 허리를 곧추세웠다. 마치 선고를 기다리는 피고인처럼, 그 긴장된 행렬 속에서 나 또한 숨을 죽인 채 차례를 기다려야 했다.

사무실에 들어가면 몇 마디 문답이 오간다. 그때 나는 "야(Ja)"와 긍정적인 *끄덕임*을 연신 해댔다. 그건 대화라기보다 제발 무사히 상황이 끝나길 바라는 간구였고, 무사히 통과하기만을 바라는 본능적인 끄덕임이었다. 이후 대화가 잦아든 적막한 사무실에는 종이 넘기는 소리와 건조한 키보드 소리만이 공백을 채웠다. 담당자의 무심한 시선이 서류의 어느 한 지점에 멈출 때마다 간신히 붙들고 있던 평정심은 맥없이 흔들렸다. 담당자는 고개 한 번 들지 않은 채 본인 업무를 마무리하려는 듯 도장 쪽으로 손을 뻗어 마침표를 찍었다.

'꾸욱.'

그것은 단순한 도장 소리가 아니었다. 이곳에 더 머물러도 좋다는 허락이자, 정당한 자격을 공식적으로 부여하는 선언과도 같았다. 그제야 참았던 숨을 길게 내쉬며 마음속으로 되뇌었다.

‘아, 또 한 번 넘겼구나.’

건물 앞에 서서 옛 기억을 더듬고 있자니, 귓가에 그때의 도장 소리가 들려오는 듯하다. 도장이 찍히는 그 찰나까지 가슴 졸였던 시간. 이제야 돌이켜보니, 그 투박하고 단단한 울림은 막막한 미래 앞에서 서성이던 청춘에게 건네는 무언의 응원이었을지도 모르겠다. 포기하지 말고, 너의 삶을 이곳에서 단단히 일궈보라는, 떨고 있는 내 어깨를 툭 쳐주는 묵직한 격려 말이다.

커피 향과 햇살 사이
———— 머무는 법을 배우다

시청 광장에서 비자 사무소로 이어지는 시간의 터널을 빠져나오자, 기분 좋은 허기가 밀려왔다. 서둘러 숙소로 돌아와 방문을 열자, 방 안의 공기가 어제와는 사뭇 다르게 다가왔다. 여행 첫날의 낯섦은 옅어지고, 그 자리를 익숙함이 채우기 시작했다. 어제까지만 해도 짐을 잠시 풀어놓은 '임시 거처' 같던 공간이, 조금은 '내 집'처럼 아늑하게 느껴졌다.

어제 기차역에서 먹다 남은 빵을 꺼내고 주인이 준비해 놓은 캡슐 커피를 내리니, 따뜻한 향이 부엌으로 번져나갔다. 그때 창가로 쏟아져 들어온 눈 부신 햇살 덕분일까. 어젯밤, 피곤에 절어 미처 보지 못했던 공간이 새삼 근사하게 다가왔다. 오븐과 전기스토브, 토스터부터 정갈한 식기 세트까지, 어지간한 장비는 모두 갖춰져 있었다. 마치 요리 잡지 속 '유럽식 감성 부엌'을 그대로 옮겨놓은 듯했다. 식탁 위 소금과 후추, 올리브유는 주인을 기다린 듯 제자리를 지키고 있었고, 수납장 안의 포크와 나이프도 깔끔하게 정리되어 있었다. 혹시 몰라 집에서 챙겨온 수저와 젓가락이 민망할 정도로 완벽했다.

부엌 집기들을 하나하나 훑던 시선이 어느 지점에서 잠시 멈춰 섰다. 빈틈없이 채워진 도구들 사이로 뜻밖의 선물처럼 놓인 작은 창 하나가 마음을 붙든 것이다. 창 너머로는 푸른 하늘이 부드럽게 펼쳐져 있고, 그 아래로 붉은 지붕들이 정답게 어깨를 맞댄 풍경이 한눈에 들어왔다. 멀리 선 아름드리나무들은 오래된 친구라도 만난 양 바람에 몸을 흔들며 반가운 인사를 건네고 있었다. 온기가 남은 커피를 한 모금 머금고 창가에 기대어 그 풍경에 한참을 잠겨 있자니, 문득 이런 생각이 스쳤다.

'그래, 낯선 곳에서 마주하는 이 평범함과 고요한 평화. 이게 바로 여행의 맛이지.'

여행이란 멀리 떠나 새로운 것에 도전하거나 꼭 무언가를 해내야만 하는 건 아니다. 대단한 성취를 이뤄내야 하는 숙제 같은 것은 더더욱 아닐 것이다. 그저 낯선 곳에서 복잡한

　　　　　　　　　　　사이를 걷다

마음을 비워내고, 그 빈자리를 본연의 나로 채워 돌아오는 것. 그것만으로도 여행의 의미는 충분하다. 비워낼 때 비로소 내가 원하는 것과 '나'라는 존재가 제대로 보일 테니까.

60유로짜리 유혹과 감시 사이
——— 엄마, 우리 차표는?

가볍게 아침 식사를 마치고 본격적인 '추억 밟기'에 나섰다.
이번 여행의 원칙은 분명했다.

'걷기에 애매한 거리는 미련 없이 버스를 타자.'

이 원칙을 지키려고 한국에서 미리 49유로짜리 한 달
정기권을 끊어왔다. 버스, 트램, 지하철까지 무제한으로 이용할
수 있는 이 티켓은 그야말로 '도시 이동 프리패스'다. 덕분에
지갑은 가벼워졌을지언정, 어디로 가든 "일단 타고 보자"는
여유가 생겼다.

사실 독일의 교통비는 만만치 않다. 그래도 유학생 시절에는
그 부담에서 비교적 자유로웠다. 학생증만 있으면 도시

　　　　　　　　　　　　　　　　　　　　　사이를 걷다

전체의 대중교통을 무료로 누릴 수 있었기 때문이다. 문제는 나의 학생증이 아이들의 요금까지 해결해 주지는 못한다는 점이었다. 아이들이 초등학교에 입학하면서 성인에 맞먹는 2유로의 요금을 내기 시작하자, 버스비는 비로소 '현실적인 숫자'로 다가왔다. 아이 한 명의 버스비가 학교 식당의 점심 한 끼 값과 맞먹었으니, 외출할 때마다 교통비는 늘 계산기를 두드리게 만드는 부담스러운 변수가 되었다. 상황이 이쯤 되니, 마음 한구석에 조용하지만, 강력한 유혹이 고개를 들기 시작했다.

독일 버스에선 기사가 일일이 표를 확인하지 않는다. 승객이 앞문이든, 뒷문으로 자유롭게 탄 후 스스로 개표기에 표를 찍는 자율 시스템이다. 이런 구조이다 보니 무임승차의 유혹은 늘 달콤하고도 끈질기게 따라붙는다. 물론 그 대가는 혹독하다. 적발되는 순간 60유로라는 거액의 과태료를 물어야 하기 때문이다. 이것은 단순히 운의 문제가 아니라, 언제 어디서든 맞닥뜨릴 수 있는 확률 게임에 가깝다. 이 게임의 주도권은 검표원이 쥐고 있다. 여느 승객처럼 평범한 차림으로 조용히 앉아 있다가, 어느 순간 돌변하여 단호하게 외친다.

"티켓, Bitte(부탁합니다.)."

그 한마디가 떨어지면 버스 안의 공기는 금세 얼어붙는다. 여기저기서 지갑을 꺼내고 가방 지퍼를 다급히 여닫는 소리가 들린다. 이런 상황에서 어설픈 변명이나 눈웃음은 통하지 않는다. 검표원은 사람의 미소보다 정직하게 찍힌 티켓을 더 신뢰하기 때문이다. 느슨해 보이는 시스템 속에서도 규칙을 어기면 반드시 비용을 치른다는 원칙이 버스 안의 질서를 묵묵히 지탱하고 있는 셈이다.

아이들을 데리고 버스를 탈 때면 마음속에서 '이번 한 번만'이라는 작은 속삭임이 고개를 들었다. 하지만 그때마다 나를 정신 차리게 한 건 다름 아닌 아이들이었다. 버스에 오르자마자 아이들은 약속이라도 한 듯 동그랗게 눈을 뜨고 물었다.

"엄마, 우리 차표는?"

내 곁엔 항상 두 명의 '꼬마 검표원'이 동행하고 있었으니, 무임승차는 애초에 불가능한 선택지일 수밖에 없었다. 아이들

　　　　　　　　　　　　사이를 걷다

덕분에 규칙은 고민의 대상이 아니라 당연히 지켜야 할 일상이
되고 말았다.

그래서일까. 지금 버스 창밖을 바라보는 이 순간, '자유'라는
단어의 의미가 새삼스럽게 다가온다. 이제는 검표원이 언제
다가와도 불안할 이유가 없다. 전자 티켓은 그 시절 아이들과
함께 배운 책임과 당당함의 증표이기 때문이다.

냉정과 온정 사이
──── 다시, 그 집 앞에서

중앙역에서 출발한 버스가 예전에 살던 집 근처 사거리에 멈춰 섰다. 7년이라는 세월의 흔적이 밴 곳을 향해 내딛는 발걸음이 이상하리만치 떨렸다.

고향집도 아닌 이곳을 왜 굳이 다시 보고 싶어 했을까. 논리적인 이유를 들이대기에는 애매한 이곳을, 그저 보고 싶고 궁금하다는 생각뿐이었다. 버스 시간에 맞춰 정신없이 뛰던 골목길, 소낙비를 피해 잠시 멈춰 섰던 담배 가게 모퉁이, 일주일 치 식량을 자전거에 실어 나르던 도로까지. 당시엔 특별할 것 없던 평범한 일상들이 시간이 흐를수록 자꾸만 눈에 밟혔다. 여전히 그 자리에 그대로 있을지, 아니면 나 없는 세상에서도 무심히 잘 굴러가고 있을지. 그런 사소한 안부가 궁금한 걸 보니 나도 이곳에 꽤 깊은 뿌리를 내리고 살았나 보다.

그러저러한 막연한 그리움을 확인하고자 주변을 훑어보았다. 다행히 세월은 이곳만 비껴간 모양이다. 길모퉁이 담배 가게는 여전히 그 자리를 지키고 있었고, 맞은편 레스토랑의 캐노피도 기억하던 색감 그대로 펼쳐져 있었다. 익숙한 풍경에 안도하며 드디어 집 앞에 이르자 현관에 붙은 열두 가구의 명패가 보였다. 혹시 그때의 이웃이 남아 있을까 하는 기대를 품고 이름을 하나하나 읽어 내려가기 시작했다.

하지만 없다. 그 시절 낯익었던 이웃들의 이름이 보이지 않는다. 실망감에 고개를 돌리려던 찰나, 이름 하나가 시야에 들어왔다. 파울, 바로 옆집 이웃이었던 '파울'의 이름이 여전히 새겨져 있었다. 한때는 나의 골칫덩이였으나 이제는 추억이 된 그가, 여태껏 이곳을 지키고 있을 줄이야.

파울과의 인연은 솔직히 악연으로 시작됐다. 2001년 9월, 낯선 땅에 입성한 지 한 달 만에 무려 익명으로 된 세 통의 편지를 받았다. 첫 번째 편지는 우리 가족의 화려한 입성식에 대한 감상평이었다. 도대체 시끄러워 잠을 잘 수가 없었다는 정도의 경고성 편지였다. 자정이 막 지난 늦은 밤, 아시아계 외국인 가족이 이민 가방을 '드르륵' 끌며 등장했으니 그럴

법도 했다. 당시 그들에게 우리 가족은 평온한 일상을 깨뜨리러 온 불청객이나 다름없었을 것이다.

그리고 얼마 지나지 않아 날아온 두 번째 편지는 우리 집 '에너자이저'들에 대한 항의문이었다. 전체 12가구 중 아이가 있는 집은 우리뿐이었으니 그들의 불편함도 이해 못 할 바는 아니었다. 주로 1~2인 가구 중심으로 평온을 누리던 이곳에, 갑자기 등장한 두 아이의 생동감 넘치는 외침은 그저 참기 힘든 소음이었을 터였다.

하지만 세 번째 편지는 이야기가 달랐다. 거기에는 이런 내용들이 한가득 채워져 있었다.
'아이들이 뛰어서는 안 된다, 부엌의 칼질 소리가 너무 크다, 신발을 방안에 들여놓아라, 유모차를 밖에 세워 두지 마시오, 주말엔 세탁기를 절대 돌리지 마시고…'

그리고 추신에는 이런 경고까지 덧붙여져 있었다.

"공동생활 규칙을 지키지 않으면 주민 회의를 열어서 쫓아낼 수밖에 없다고…"

문화 차이가 이런 것일까. 이곳의 규칙은 촘촘하다 못해 가혹했고, 이웃사촌이라는 정겨운 말이 무색할 만큼 서늘한 잣대로 우리를 압박했다. 이사 첫날의 어수선함이나 달래지지 않는 아이의 울음소리조차 그들에겐 결코 용납될 수 없는 '개인 사정'일 뿐이었다. 인정사정없는 경고장이 내 이민 생활의 첫 페이지를 장식한 셈이다.

두 번째 편지까지는 억울함을 꾹꾹 누르며 참았다. 하지만 쫓아내겠다는 협박이 담긴 세 번째 편지를 마주하자 '이건 선을 넘어도 한참 넘었다'는 생각이 번뜩 들었다. 고국의 흙먼지도 채 털기 전인데 쫓아내겠다니. 편지를 읽는 내내 퇴거에 대한 두려움보다는 주체할 수 없는 분노가 강하게 치밀어 올랐다.

결국 나는 원치 않는 추적자가 되어 발신인의 흔적을 쫓기 시작했다. 흩어져 있던 정황과 단서들을 모아 퍼즐을 맞춰보니, 모든 결론은 결국 한 사람을 향하고 있었다. 종이를 파고들 듯한 날카로운 필체와 단호한 문체는 편지 너머의 주인이 남성이라는 것을 짐작게 했고, 편지가 전달될 즈음 냉담해진 그의 표정은 그 짐작을 확신으로 바꾸어 놓았다.

정황이 확신으로 바뀌자, 더는 주저할 이유가 없었다. 나는 그의 집 초인종을 눌렀다. 문이 열리자마자 편지를 그의 코 앞에 들이대고 쏘아붙였다.

"이거, 당신이 보낸 거 맞죠?"

그는 당황한 기색으로 극구 부인했다. 하지만 그 일 이후 그의 태도는 180도 달라졌다. 마주치면 먼저 인사를 건네고 아이들을 친절하게 대하기 시작했다. 아마 그는 깨달았을 것이다. 물러서지 않는 이 동양인과 싸우기보다 좋은 이웃으로 사는 편이 낫다는 것을.

민원 수집가가 살던 그 집 앞에 다시 서보니, 신기하게도 그 치열하고 불편했던 기억들마저 이제는 추억으로 변하여 다가왔다. 그때는 "왜 우리만 미워해!"라며 억울해하고 서러워 밤잠을 설치기도 했지만, 이제는 안다. 그 차가운 규율은 그들의 공동체를 지키려는 그들만의 삶의 방식이었다는 것을. 그리고 이젠 이해한다. 고요함을 사랑한 그들에게 우리 가족이 꽤나 거대한 폭풍이었다는 것을 말이다. 그들의 질서를 이해하게 된 지금, 그때의 나에게 나직이 위로를 건네본다.

'인생이 다 그런 거지 뭐. 부딪히고, 버티고, 그러면서 살고 또
살아지는 거잖아.'

조급함과 인내심 사이
───── 기다려주는 용기

집 앞에서 한참을 서성이다 보니, 어느덧 생각은 꼬리에 꼬리를 물고 다시 '파울'에게로 향한다. 만약 지금 그를 마주친다면 그는 어떤 표정을 지을까. 못 본 척하고 고개를 돌릴까, 아니면 너무 태연하게 인사를 건네서 오히려 나를 머쓱하게 만들까. 혼자서 시나리오를 쓰고 지우다 보니 정신이 번쩍 든다. 이러다간 집 앞에서 파울에 대한 평전이라도 한 권 써낼 기세다.

파울에 대한 잡념을 접어두고 발걸음을 옮긴 곳은 아이들이 다녔던 초등학교, '프리드리히 융어 슐레'다. 교문 앞에 이르자 마치 어제 일처럼 한 장면이 선명하게 떠오른다. 알록달록한 '슐튜테(Schultüte, 입학선물꾸러미)'를 품에 안은 채, 긴장한 기색으로 교문 안을 향하던 아이의 뒷모습.

부모라면 첫 아이의 입학식 날 느꼈던 설렘과 울컥함을 평생의 훈장처럼 품고 살기 마련이다. 낯선 땅에서 하루하루 버티듯 살아온 내게도 그날의 감격은 잊지 못할 추억으로 남아 있다. 타국 생활의 서러움을 견디느라 앞만 보고 달려온 사이, 어느새 아이는 제 몸집만 한 책가방을 짊어질 만큼 자라 있었다. 호기심 가득한 눈빛으로 씩씩하게 첫발을 떼는 아이를 보며 대견함에 목이 메었다. 하지만 그 감정 너머엔 못내 아릿한 미안함도 있었다. 낯선 타지에서 서툰 부모의 불안을 본능적으로 읽어내며, 빨리 철이 든 아이였기 때문이다. 입학식 내내 그 기특함과 짠함이 교차하는 복잡한 감정을 누르며 울컥 차오르는 눈물을 애써 삼켰다. 그리고 한참을, 새로운 출발을 향해 나아가는 아이의 뒷모습을 눈에 담았다.

사실 입학을 앞두고 걱정이 없었던 건 아니었다. 알파벳 하나 가르치지 않은 채 무작정 학교로 등 떠밀 듯 보낸 터라, 마음 한구석엔 늘 '정말 이대로 괜찮을까?' 하는 불안 섞인 의구심이 맴돌았다. 이러한 불안을 떨구고자 입학 전 유치원 교사와 이런 대화를 나누었다.

당시 유치원에선 알파벳조차 가르쳐주지 않았다. 그 사실에 당황해 유치원 교사에게 다급히 물었다.

"정말 아무것도 안 가르쳐주나요?"

그러자 그녀는 환하게 웃으며 대답했다.

"학교에서 배울 건 학교에서 배워야죠. 미리 가르치면 배움의
즐거움을 잃어요."

그 말을 들었을 때만 해도 선뜻 고개가 끄덕여지지 않았다.
내게 '준비 없는 자유'란 감당하기 힘든 불안이었고, 교사의
장담을 향한 의구심은 꼬리를 물고 이어졌기 때문이다. 하지만
입학 후, 하루하루 달라지는 아이를 지켜보며 유치원이 고수해
온 그 단순한 원칙이 얼마나 강력한 힘을 지녔는지 체감할 수
있었다. 그리고 내 안을 짓누르던 불안도 어느새 학교를 향한
깊은 신뢰와 고마움으로 변해갔다.

실제로 아이는 입학한 지 몇 달이 지나자, 스스로 단어를 읽고
문장을 쓰더니, 어느덧 책장을 넘기기 시작했다. 선행학습의
압박이 없는 학교는 아이에게 가장 즐거운 놀이터가 되어

주었고, '빨리'라는 속도전에서 벗어난 아이는 그 속에서 배움 그 자체에 대한 순수한 열정으로 하루하루를 채워 나갔다.

아이가 보여준 이 작지만, 위대한 변화는 내게 소중한 가르침을 남겼다. 배움의 즐거움을 학교에서 온전히 맛보게 하는 것, 그리고 아이가 배움의 주체가 되어 그 과정을 즐기도록 묵묵히 기다려주는 것. 그것이야말로 부모가 줄 수 있는 최고의 선물이라는 사실을 말이다. 돌이켜보면 '조급함이 없는 독일식 교육'을 통해 더 많이 배운 쪽은 아이보다 오히려 나였는지도 모르겠다.

소문과 진실 사이
———— 동전 대신 추억을 만지작거리다

아이가 다녔던 학교를 한 바퀴 돌며 추억에 젖다 보니, 불현듯 텅 빈 냉장고가 머릿속을 스쳐 지나갔다. 감상도 배가 불러야 가능한 법. 일단 살아남으려면 장부터 봐야겠다는 절박한 현실감에 발걸음을 예전 단골 슈퍼였던 알디(Aldi)로 돌렸다. 가난한 유학생의 주머니 사정을 누구보다 잘 이해해 주던 그곳은, 고단했던 유학 생활을 든든하게 지켜주던 버팀목 중 하나였다.

사실 독일에 오기 전부터, 알디에 대해 들었던 소문은 꽤나 살벌했다.

"거긴 아무나 가는 데가 아니예요."

누군가 경고하듯 던진 이 말 뒤에 붙은 설명은 훨씬 더 강렬했다.

"거지들만 드나드는 곳이라니까요."

'이게 무슨 해괴한 소린가' 싶었지만, 그 말의 잔상이 꽤 강렬했다. 처음 알디 매장을 찾았을 때, 나도 모르게 주변의 눈치를 살피며 쭈뼛거렸던 건 아마도 그 말 때문이었을 것이다. 하지만 막상 겪어본 알디는 소문과는 전혀 딴판이었다. 비록 세련된 화려함은 없지만 제품의 품질은 늘 기대 이상이었고, 가격은 착하고 또 착했다. 주머니 사정이 어려운 유학생에게 이보다 더 든든하고 현실적인 선택지는 없었다.

오랜만에 다시 알디 매장에 들어서자 익숙한 장면이 그대로 펼쳐졌다. 계산대에서는 여전히 빠른 리듬이 흐르고 있었다. '삑, 삑' 소리를 내며 바코드가 찍힐 때마다, 손님들은 그 속도에 맞춰 물건을 계산대 위로 척척 올리느라 분주했다. "그래, 이 맛이지." 하며 입구의 장바구니를 집어 들었다.

매장에 들어서자마자 가장 먼저 반기는 건 알록달록한 과일과 채소 코너였다. 맨 앞줄은 역시나 토마토가 차지하고 있었다. 스파게티를 주식처럼 즐겨 먹는 나라답게 크기별로 진열이 확실했고, 줄기째 달린 토마토들은 방금 밭에서 수확한 듯 싱그러운 빛을 발하고 있었다. 이에 질세라 옆자리의 당근들 역시 남다른 존재감을 뽐냈다. 앙증맞은 손가락 크기의 미니 당근부터 흙 묻은 잎사귀를 그대로 단 채 진열대에 놓인 큼직한 녀석들까지, 그야말로 이곳은 '취향 존중'의 끝판왕이었다. 그 사이사이로 사과와 납작 복숭아, 포도들이 네모난 상자 안에 깔끔하게 진열된 채 손님을 기다리는 풍경은 예전이나 지금이나 변함이 없었다.

과일 진열대를 지나자 자연스럽게 식재료 코너로 발길이 이어졌다. 양배추, 감자, 양파 같은 기본 채소들이 자리를 지키고, 옆에는 잡곡빵과 뮤슬리, 시리얼 등이 소박한 포장으로 놓여 있었다.

매장 안쪽으로 조금 더 깊숙이 들어가니 드디어 알디의 '진짜배기'가 등장했다. 바로 고기 코너다. 한국에서라면 가격표 앞에서 잠시 심호흡을 하고 마음의 준비를 해야겠지만, 이곳에서는 그럴 필요가 없다. 아니, 가격을 확인하는 순간 망설임보다 먼저 헛웃음이 터져 나올 지경이었다. 한국에선 '특가' 스티커가 붙어 있어야 할 정도인 숫자들이 이곳에선 지극히 평범한 일상의 가격이기 때문이다.

소고기값이 돼지고기와 크게 다르지 않은 광경을 보고 있으면, 장바구니로 향한 손길이 거침 없어진다. 만 원이면 며칠 치 고기반찬 걱정이 해결되니, 주머니 사정이 가벼운 유학생들이 알디를 사랑하지 않을 재간이 없는 것이다. 그때도, 지금도, 알디의 고기 코너는 유학생의 팍팍한 살림을 조용하고 묵직하게 책임져주는 가장 든든한 아군의 역할을 충실히 하고 있었다.

독일 하면 흔히 소시지와 맥주를 떠올리지만, 적어도 나에게만큼은 요구르트가 영순위였다. 음료처럼 가볍게 넘어가는 것부터 크게 한술 떠도 모양이 흐트러지지 않는 꾸덕한 그릭 요구르트까지, 취향에 따라 골라잡을 수 있는 질감의 폭이 정말 넓다. 맛은 또 어떤가. 딸기나 블루베리 같은 기본은 물론이고 복숭아, 패션프루트, 망고에 이르기까지 온갖 과일 맛이 진열대에 빼곡히 줄을 서 있다. 저지방과 무지방은 기본이고, 요즘은 운동 마니아들을 위한 프로틴 요구르트까지 당당히 한자리를 차지하고 있다. 독일인들에게 요구르트는 우리 식탁의 김치처럼 없으면 허전한 생필품이나 다름없다. 여기에 치즈 코너까지 가세하면 유제품을 향한 독일인들의 진심이 어디까지인지 새삼 실감하게 된다. 브리, 카망베르, 에멘탈, 고다,

모차렐라…. 이름조차 낯선 치즈들을 하나씩 읽어 내려가다 보면 정신이 혼미할 지경이다. 그래도 이 코너 앞에만 서면 늘 행복한 고민이 시작된다. 선택지가 부족해서가 아니라, 선택지가 너무 많아서 생기는 행복한 고민 말이다.

오랜만에 들른 매장을 눈으로 실컷 탐닉하다가 생존에 필요한 몇 가지를 골라 계산대에 올렸다. 줄은 길지 않았지만, 계산원의 손놀림은 예나 지금이나 '빛의 속도'다. 바코드를 스캔하는 그의 손이 경쾌한 리듬을 타기 시작할 때, 나는 일부러 박자를 살짝 늦춰 물건을 하나씩 올렸다.

예전엔, 이 계산대 앞에만 서면 나도 모르게 심호흡을 했다. 혹여나 예산을 초과할까 봐 계산대 모니터에 찍히는 금액을 매의 눈으로 감시하며, 주머니 속 동전들을 만지작거렸다. 하지만 이제는 주머니 속 동전을 만지작거리지 않아도 된다. 그런데도 오늘만큼은 마트 직원의 속도를 따라가지 않고 일부러 굼뜨게 행동하고 싶다. 동전 한 닢에 가슴 졸이던 그 팽팽한 긴장감을 다시 한번 기분 좋게 음미해 보고 싶어서이다.

사이를 걷다

청춘과 노땅 사이

___________ 깨지며 배우다

　가족의 추억이 깃든 장소들을 뒤로하고, 이제는 내 유학 생활의 본거지이자 가장 뜨거웠던 현장인 대학으로 향할 차례다. 그곳은 이방인으로서의 고단함을 견디며 스스로를 증명하기 위해 끊임없이 채찍질했던 현장이자, 이름 모를 불안과 외로움에 수없이 무너져 내렸던 장소이기도 하다. 그럼에도 포기하지 않고 뜨겁게 미래를 꿈꿨던, 젊은 날의 최전선이었던 그 캠퍼스를 향해 발걸음을 옮겼다.

　캠퍼스에 들어서자, 먼저 발길이 향한 곳은, 노땅 학생에게 배움의 설렘을 다시 느끼게 해준 어학당이었다.

　당시 어학당 교실 문을 열면 온 세계를 작은 공간에 축소해 놓은 듯한 진풍경이 펼쳐졌다. 싸늘한 시선을 던지던 파란

눈의 러시아 여학생부터 봄볕 같은 미소를 보이던 히잡 쓴 터키 친구까지, 또 그 곁에는 짙은 눈썹의 이란 남학생과 피부색만으로도 끈끈한 동질감이 느껴지던 아시아 친구들까지 참으로 다양했다. 그러다 눈이라도 마주치면 각양각색의 억양이 섞인 "Hallo!"라는 인사말 하나로 서로를 챙겼고, '배움'이라는 공통분모 아래 국적에 상관없이 서로의 존재를, 있는 그대로 받아들이던 시절이었다.

어학당은 주로 이십 대 초중반이 뿜어내는 싱그러운 생기로 가득했다. 서른을 갓 넘긴 나는 그들 사이에서 흔히 말하는 '노땅'이자 늦깎이 학생으로 통했다. 게다가 아이가 둘이라는 고백까지 없으면 친구들은 믿기지 않는다는 듯 두 눈을 커다랗게 뜨고 나를 쳐다보곤 했다. 하지만 그들은 그런 나를 나이나 처지로 재단하지 않고 기꺼이 동료로 받아주었다. 덕분에 그들의 젊은 에너지를 자양분 삼아 잠시 잊고 지냈던 배움의 즐거움을 되찾을 수 있었다.

쉬는 시간이면 우리는 약속이라도 한 듯 자리에서 일어났다. 방금 배운 표현을 곧장 연습해 보려는 열의와, 서로의 삶에 대한 호기심 때문이었다. 이 사소하고도 뜨거운 열정은 유대감으로

　　　　　　　　　　　　　　사이를 걷다

발전했다. 시간이 갈수록 더해지는 시험의 압박과 타국살이의 고단함을 공유하며, 서로를 지탱해 주는 '상부상조의 리듬'을 자연스럽게 만들어갔다. 이것은 거친 유학 생활의 파고를 함께 넘는 동력이 되었으며, 긴 여정의 끝까지 서로를 밀어주고 끌어주는 힘으로 작용했다. 비록 말은 서툴러도 '아' 하면 '어'하고 받아주던 그런 친구들이 있던 곳. 언어의 장벽 너머로 마음과 마음이 먼저 가닿던 그곳이 바로 어학당이었다.

어학당 시절의 일상은 겉보기에는 여유로워 보일지도 모른다. 오전 8시에 시작한 수업은 오후 1시면 어김없이 끝났고, 그 뒤로 이어지는 긴 오후는 누구의 방해도 받지 않는 오롯이 저마다의 몫으로 남겨지기 때문이다. 하지만, 이 자유에는 늘 서늘한 전제가 따라붙는다. '주어진 1년 안에 최종 어학 합격증을 딸 수 있다'는 확신이 있을 때만 누릴 수 있는 조건부 자유이다. 결국 '합격'이라는 확실한 결과물을 손에 쥐기 전까지는, 쉬어도 쉬는 게 아닌 나날이었다.

어학원 과정인 유학생들을 시험에 들게 하는 것이 또 하나 있다. 바로 눈부신 5월과 6월이다. 이 시기는 유학생들에게 가장 혹독한 '요주의 기간'이다. 북독일의 겨울은 지독히도

길다. 9월부터 내려앉은 어둠은 3월이 지나도록 좀처럼 물러갈 기미를 보이지 않는다. 그러다 5월이 되면, 세상의 채도는 한순간에 뒤바뀐다. 밤 10시가 넘도록 해는 질 줄 모르고, 공원 곳곳에서 피어오르는 그릴 냄새는 늦은 저녁까지 코끝을 자극하며 마음을 들쑤신다. 이런 풍경 속에서 책상 앞에 앉아 있어야 하는 학생이라면, 누구라도 '탈출'이라는 카드를 만지작거릴 수밖에 없다.

이런 것에 아랑곳하지 않고 어학원의 시계는 야속하리만치 무덤덤하게 흘러갔다. 계절이 아무리 찬란하게 바뀌어도, 날씨의 낭만 따위는 안중에도 없다는 듯 시험은 언제나 정해진 시간에 냉정하게 치러졌다.

어학당 시절, 지금도 생각하면 웃음이 나는 '웃픈' 사건이 하나 있다. 문장 요약 시간에 있었던 해프닝이었다. 선생님은 그날도 늘 하던 대로 본인이 뽑아온 내용을 3분 정도 읽어주고, 내용을 요약해 제출하게 했다. 나 역시 그날은 나름 단어 선택도 신중했고 문장 구조도 공들여 다듬은 후 제출했다. 하지만 다음 날 받아 든 답안지 위에는 빨간 펜으로 다음과 같은 강렬한 한 문장이 적혀 있었다.

 사이를 걷다

"Ich weiß nicht, was du sagen willst..." (네가 무슨 말을 하려는 건지 도무지 모르겠어.)

웃어야 할지 울어야 할지, 그 순간 머쓱함과 허탈함이 동시에 밀려왔다. 다른 한편으론 그 말이 너무나 정확한 지적 같아 실소가 터져 나왔다. 그 웃음 끝에 비로소 명확해지는 것이 있었다. 언어란 결국 부딪히고, 처참하게 깨지고, 다시 고치며 몸으로 익히는 것이라는 사실을 그 투명한 피드백 하나로 뼈저리게 배운 것이다.

온실과 정글 사이
———— 헤매는 법을 배우다

어학당에서의 고군분투에 대한 회상을 뒤로 하고, 학부의 주무대였던 '아우디막스(Audimax)'로 향했다. 건물 안에 들어서니 계절학기 수업을 듣는 학생들이 계단을 오르내리며 이야기를 나누고 있었다. 라운지 한편에서는 학생들이 강의 내용을 서로 확인하는 모습도 보였다. 그 모습을 뒤로 한 채 첫 강의가 있었던 강의실 문을 조용히 열고 텅 빈 교실 한구석에 앉아 보았다.

당시 첫 수업은 선형대수학 시간이었다. 새로운 출발이라는 설렘과 낯선 공간이 주는 긴장감이 뒤엉켜 심장은 기분 좋게 요동쳤다. 하지만 그 기대도 잠시, 강의가 시작된 지 얼마 지나지 않아 교수의 독일어가 머릿속에서 겉돌기 시작했다. 불과 얼마 전 받은, 어학당이 인정한 어학 실력은 온데간데 없이 사라졌다.

어학당이 외국인 유학생들에게 얼마나 안온한 온실이었는지, 전공 수업이라는 정글에 발을 들이고서야 뼈저리게 실감했다.

그 자리에서 누군가를 탓하고 싶다면, 타깃은 단연코 교수의 태도였다. 담당 교수는 외국인 학생에 대한 배려는커녕 눈곱만큼의 이해도 보여주지 않았다. 강의실 곳곳에 외국인의 얼굴이 드문드문 보였음에도 그는 아랑곳하지 않고 빠르고 날카로운 발음으로 전공 지식을 쏟아냈다. 들리지 않는 설명 대신, 칠판을 빼곡히 채워가는 수식들을 눈으로 좇으며 이해의 끈을 놓지 않으려 애썼다. 두 시간 내내 못 알아듣는 강의를 듣고 있자니 '이 길이 정말 맞는 걸까'하는 의구심과 함께 마음은 한없이 조급해졌다.

그렇게 한참을 칠판에 적힌 숫자와 싸워대다 집중력이 바닥날 때쯤, 슬쩍 고개를 돌려 주변 외국인 학생들의 기색을 살폈다. 그런데 참으로 감사하게도 그들의 표정이 나만큼이나 일그러져 있는 게 아닌가. 누군가는 넋이 나간 듯했고, 다른 누군가는 당혹감에 미간을 찌푸리고 있었다. 그 표정들을 읽어낸 순간 안도감이 밀려왔다. '아, 나만 헤매는 게 아니구나.' 혼자가 아니라는 그 짧은 깨달음은 신기하게도 다시 펜을 쥘

힘을 주었고, 이 낯선 강의실에서 어떻게든 버텨낼 수 있겠다는
작은 용기로 이어졌다.

　강의실에는 늘 팽팽한 긴장감이 감돌았다. 특히, 경영학과와
커리큘럼이 겹치는 강의엔 더더욱 심했다. 500명이 넘는 인원이
몰려 북새통을 이루는 데다 인기 강의는 문을 열자마자 좌석
전쟁이 벌어졌고, 시작 10분 전이면 이미 앞자리부터 빼곡히
자리가 채워지곤 했다. 상황이 이렇다 보니 자리 경쟁에서
밀려나는 학생들은 통로 바닥에 주저앉거나 벽에 등을 기댄 채
강의를 들어야만 했다.

　흥미로운 점은 강의실을 달구는 이 뜨거운 열기가 누구의
강요에 의한 것이 아니라는 점이다. 독일 대학엔 출석 체크가
따로 없다. 말 그대로 '오고 싶으면 오고, 듣고 싶으면 듣는'
완전 자율 시스템이다. 성적에 반영되는 출석 체크가 없는데도
강의실이 학생들로 꽉 차는 풍경은, 그 수업이 지닌 무게감을
소리 없이 증명하는 것과 마찬가지다.

　물론 강의가 지루하거나 비효율적이라고 판단되면, 단
몇 번의 수업만으로도 강의실은 금세 텅 비어버린다. 결국

‘출석률’이란 교수의 역량에 대한 학생들의 가장 정직하고도 냉정한 평가인 셈이다.

자율와 제적 사이
—————— 시험은 끝나지 않는다

독일 대학 강의엔 출석 체크가 없다. 출석의 강제성이 없으니 '오늘은 좀 쉴까?'하는 나태함이 머릿속을 맴돌기 마련이다. 하지만 이 자유의 이면에는 '학기 제한'이라는 냉혹한 계산서가 기다리고 있다. 정해진 학기 내에 학점을 이수하지 못하면 '제적'으로 내모는 엄격한 학사 규정 말이다.

실제로 경제학과의 과목당 낙제율은 많게는 시험 응시생의 절반을 웃돈다. 실력 검증에 타협이 없는 독일 교육의 확고한 철학이 고스란히 드러나는 대목이다. 겉으로는 무한 자율을 허용하는 것처럼 보이지만, 그 이면에는 오직 실력으로 스스로를 증명한 이들만을 철저히 선별해 내겠다는 냉혹함이 깔려 있다. 결국 대학은 자유라는 이름 아래, 실력 하나로 버텨낸 생존자만을 가려내는 고독한 싸움터인 셈이다.

어느 날, 이 문제에 직면한 독일 친구가 툭 던지듯 말했다.

"나… 철학과로 전과해."

이 말엔 다음과 같은 해석이 필요하다.

1차 해석: 경제학과에서 제적당했어.

2차 해석: 경제학에 재능이 없다고 공식 인정받았어.

3차 해석: 인생의 노선 변경이 필요한 시기야.

아마 그 친구도 제적을 두고 치열하게 고민했을 것이다. 전공을 바꿀 것인가, 아니면 학교를 옮길 것인가. 결국 그는 스스로 경제학에 재능이 없음을 인정하고 전과를 택했다. 만약 그가 경제학을 끝까지 포기하고 싶지 않았다면, 대학을 옮기거나 실무 중심 전문대학(Fachhochschule)으로 눈높이를 낮춰야만 했다. 하지만 학교를 옮기는 것이 말처럼 쉬운 일이 아니다. 독일은 땅덩이에 비해 종합대학의 수가 의외로 많지 않다. 당장 키일(Kiel)이 속한 주(州) 안에서도 선택지는 단 세 곳뿐이다. 결국 전공 공부를 계속하려면 주를 넘나드는 대이동을 감수해야 하는 셈이다.

그래서 시험장에 들어설 때마다 이런 절박한 주문을 외우곤
했다.

'제발… 성적은 상관없으니 떨어지지만 않게 해주세요.'

낮은 이수율이라는 벽 앞에서 자존심을 내려놓은 지는 이미
오래다. 좋은 성적보다 '살아남는 것'이 우선이었기 때문이다.
하지만 낮은 자세로 임해도 시험장의 공기는 늘 살벌했고,
고사장을 나서는 발걸음은 허탈함으로 무겁기만 했다. 괴로운
것은 시험이 끝난 후부터다. 답안지를 제출한 순간부터
시작되는 자책과 꼬리에 꼬리를 무는 의문들은, 피할 수 없는
패턴의 반복이었다.

'아까 그 문제, 계산 제대로 한 거 맞나?'
'3번 문제의 의도는 대체 뭐였지?'

이런 자책과 의문 앞에서 나오는 것은 허탈한 한숨뿐이었다.
그 한숨 속에는 준비한 만큼 쏟아내지 못했다는 자책과, 문제를
온전히 이해하지 못한 것조차 내 실력이라는 쓸쓸한 인정이
뒤섞여 있었다. 하지만 진짜 지옥은 따로 있었다. 바로 성적

                                    사이를 걷다

발표가 임박해 오는 순간이었다.

‘교수님이 내 악필을 해독하지 못하면 어쩌지?’,
‘그래프 축을 반대로 그린 건 아닐까?’

그러다 마침내 학과 홈페이지에 공지가 올라오고, 떨리는 손으로 클릭을 누르며 빌고 또 빌었다. ‘nicht bestanden(불합격).’ 이란 단어만은 없기를 간절히 바라면서 말이다.

결과 창에서 그 단어를 확인하는 순간 눈앞은 캄캄해진다. 밤을 지새우며 외운 이론들, 몽당연필이 되도록 반복한 계산들, 커피 몇 잔으로 밤을 버텨냈던 숱한 기억들이 허탈함과 뒤섞여 통째로 무너져 내리기 때문이다.

그 모든 고군분투를 묵묵히 지켜보았던 아우디막스(Audimax) 앞에 다시 섰다. 지금도 종종 시험장에서 계산기가 고장 나거나, 시험 문제가 난데없는 라틴어로 변해버리는 악몽에 시달리기도 한다. 하지만 이제는 그런 꿈조차 옅은 미소로 넘길 수 있는 여유가 생겼다.

무엇보다 이제는 안다. 시험 앞에서 방황하고 좌절하며 온몸으로 부딪혔던 그 모든 순간이, 다음 단계로 나아가기 위해 반드시 통과해야만 했던 소중한 길목이었음을. 그때 흘린 땀방울과 지독했던 고독이 지금의 나를 지탱하는 단단한 뿌리가 되었음을 말이다.

소음과 적막 사이

______ 지식은 암호가 아니다

학사라는 거대한 산을 겨우 넘었나 싶었는데, 숨 돌릴 틈도 없이 석사 과정이 기다리고 있었다. 이번엔 영어 원서와 세미나 발표, 구두시험이 한데 엉켜 몰려왔다. 말 그대로 산 하나를 넘었더니 거대한 '패키지 산맥'이 앞을 가로막은 기분이랄까. 그 기억을 반추하며 세미나가 열렸던 경제학과 건물로 발걸음을 옮겼다.

첫 세미나 수업이 있었던 강의실 문을 열자, 그곳에서 마주했던 첫 발표 날의 공포가 마치 어제의 일처럼 생생하게 밀려왔다.

세미나 수업은 학부 시절과는 차원이 달랐다. 수백 명의 웅성거림으로 가득했던 아우디막스(Audimax)가 거대한 '군중

소음'의 장이었다면, 이곳은 숨소리조차 조심스러운 '지적 적막' 그 자체였다. 그런 팽팽한 긴장감이 흐르는 가운데 첫 세미나의 발표 차례가 돌아왔다. 세미나 테이블에 둘러앉은 열두 명 남짓한 학생들의 초롱초롱한 눈빛이 일제히 나를 향했고, 교수가 조용히 고개를 끄덕이며 입을 뗐다.

"Bitte beginnen Sie!(시작하세요!)"

발표 주제는 저명한 경제학 교수가 학술지에 게재한 '주가 예측' 관련 논문 분석이었다. 만약 한국어로 된 제목이었다면 '꽤 흥미롭겠는데'라며 여유라도 부렸겠지만, 빽빽한 영어 원문을 마주한 순간 사정은 180도 달라졌다. 눈앞이 아득해지는 것은 시작에 불과했다. 문단마다 불쑥 튀어나오는 복잡한 통계 수식들을 마주할 때면, 내가 지금 전공 공부를 하는 건지 난해한 암호를 해독하고 있는 건지 분간조차 되지 않았다.

하지만 한국인의 저력이 어디 가겠는가. 그야말로 불굴의 의지로 '암호 해독'을 마친 뒤, 마침내 결전의 무대에 선 것이다. 전날 밤, 집에서 아이들을 관객석에 앉혀두고 발음 교정까지 받아 가며 만반의 준비를 마친 터였다. 하지만 막상

                                          사이를 걷다

입을 떼는 순간, 혀는 반쯤 말려 올라갔고, 입속은 바짝 타들어 갔다. 한 문장을 내뱉는 데도 몇 번씩 호흡을 가다듬어야 했고, 슬라이드를 넘길 때마다 심장은 요동쳐댔다. 마지막 장에 이르러서야 겨우 안도의 숨을 내뱉었지만, 진짜 고비는 바로 그때부터였다. 논문의 핵심을 꿰뚫는 교수의 송곳 같은 질문 세 개가 연달아 날아왔다. 이에 질세라 필사적으로 답변을 마쳤다. 체력과 정신력을 그렇게 하얗게 불태우고 자리로 돌아와 앉은 내게 옆자리 친구가 무심한 듯 한마디를 툭 던졌다.

"Welcome to German academia. (독일 학계에 온 걸 환영해.)"
농담 섞인 그 한마디에는 이곳의 현실을 정확히 담고 있었다. 독일의 학문 세계는 친절하지도, 화려하게 포장되어 있지도 않았다. 날것 그대로의 질문과 치열한 논쟁, 그리고 끝없는 '다시 읽기'만을 요구했다.

세미나를 마치고 집으로 향하는 발걸음에는 허탈함만이 가득했다. '왜 사서 이 고생일까'하는 물음부터 스스로를 이렇게 몰아세우는 이유에 대한 의문까지. 꼬리에 꼬리를 무는 의문들로 마음은 복잡하기만 했다. 정류장에서 버스를 기다리며 거리의 풍경에 마음을 맡기자 소란스러웠던 감정이

점차 누그러졌다. 그러자 내가 공부하는 이유에 대한 생각이
조금씩 정리되기 시작했다.

'그래, 단순히 지식을 수집하는 게 목적이라면 이토록
고생스럽지 않았을 거야. 나는 지금 지식을 나만의 것으로
만들어가는 법을 배우는 중이야. 지식이란 정답이 없는 막막함
속에서 자신만의 단단한 논리를 빚어가는 과정, 그 자체니까.
이 고된 시간마저 이미 내가 원했던 배움의 일부라면 굳이
스스로를 가여워하며 속상해할 이유는 없지.'

그렇게 세미나 하나를 마치며 공부의 명분은 물론이고,
잃어버렸던 자존감도 스스로 챙겼다.

세미나실 탐방까지 마치고 돌아서는 길에 가로등이 하나둘
켜지며 어둑해진 거리를 비추고 있었다. 예전 같으면 이
불빛 아래에서도 밀린 과제와 시험 걱정에 조바심을 내며
발걸음을 재촉했을 터였다. 하지만 오늘 나는, 느긋하게 멈춰
서서 차갑지만, 맑은 밤공기를 깊게 들이마셔 본다. 지금의 이
여유가, 어쩌면 그 혹독했던 시절이 내게 준 값진 선물일지도
모른다고 생각하면서.

째깍거림과 웃음 사이

———— 낡은 시계와 작별하다

유학 생활의 오아시스였던 벼룩시장이 '미니 버전'으로 열린다는 소식이 들려왔다. 여행 일정과 맞지 않아 일찌감치 마음을 접었던 터라, 이 소식은 마치 취소됐던 항공편이 극적으로 "정상 운항"으로 바뀐 것만큼이나 반가웠다.

당일 새벽, 오늘만큼은 생존을 위한 쇼핑이 아닌 '여유로운 산책'을 목표로 가방을 둘러메고 집을 나섰다. 꼭 사야 할 것도, 서두를 이유도 없다는 사실만으로도 발걸음은 한결 가벼웠다. 목적지에 가까워지자, 감각이 먼저 반응했다. 흥정하는 소리, 낡은 턴테이블의 재즈 선율, 구수한 소시지 냄새까지. 낯설어야 할 풍경이 고향처럼 익숙하게 느껴지는 것은 기분 탓만은 아니겠지.

과거 이곳은 내게 없는 게 없는 '다이소' 같은 존재였다. 그때의 기억을 증명이라도 하듯 낡은 시계는 여전히 손목 위에서 째깍거린다. 참으로 오랜 시간 곁을 지켜준 고마운 친구다. 하지만 오늘, 과거를 기억해 줄 동반자가 아닌, 기분 좋은 변화를 꿈꾸는 '새 친구'를 만나고 싶다.

때마침, 가판대에 시계와 나침반을 진열해 둔 모녀가 눈에 들어왔다. 무심한 듯 날카로운 그들의 눈빛은 '섣부른 흥정은 통하지 않는다'는 무언의 경고를 보내는 듯했다. 그 팽팽한 기운을 감지한 순간, 잠자던 유학생 시절의 전투력이 꿈틀거렸다. 고수들을 상대로 내 흥정 기술이 여전한지 시험해 보고 싶어졌다.

"얼마예요?"
"7유로요!"

역시 만만치 않다. 슬쩍 "4유로 어때요?"라며 제안해 보지만, 주인은 고개를 절레절레 흔들 뿐이다. 예전 같으면 아쉬운 마음을 접고 바로 발길을 돌렸겠지만, 오늘은 무언가에 쫓기듯 마음이 간다. 그래서 흥정 대신 가벼운 질문을 던졌다.

"이거, 고장 안 나고 잘 가겠죠?"

"나보다 오래갈걸요!"

주인의 유쾌한 확신에 참았던 웃음이 터져버렸다. 그 웃음 한 번에 한 푼이라도 아끼려 애쓰던 강박도, 기어이 이기려 했던 흥정 본능도 눈 녹듯 사라졌다. 다시는 오지 않을 이 순간을 놓치고 싶지 않아, 주인이 부른 값을 기분 좋게 지불했다. 물건을 건네받자, 늘 스스로를 들볶으며 날을 세우며 살았던 과거의 나와도 비로소 기쁘게 작별할 수 있었다.

손목 위에서 묵직한 추억을 덜어내자, 비로소 주변이 보이기 시작했다. 벼룩시장에는 예전의 치열함 속에 미처 발견하지 못한 여유가 흐르고 있었다. 목적 없이 물건을 눈으로 훑는 이들, 먼지 쌓인 책장을 넘기다 제자리에 다시 두는 손길들, 낡은 인형을 꼭 껴안은 아이를 보며 미소 짓는 부모들까지. 이곳은 멈춰 서는 법을 아는 이들의 쉼터라는 것을 그제야 깨달았다.

판매자들 역시 서두르지 않았다. 그들은 지갑을 열어줄 손님이 아니라, 물건에 담긴 이야기를 이어줄 다음 주인을 기다리는 듯했다. 그저 찾아온 손님과 일상의 대화를 나누고 물건의 사연을 공유하며 그들 역시 그 시간을 즐겼다. 그 모습을 보며 나는 벼룩시장이 물건을 사고파는 장소를 넘어, 낯선 이와 온기를 나누는 장소이자, 팽팽했던 일상의 긴장을 내려놓는 쉼표 같은 공간임을 깨달았다.

그 여유로운 공기에 전염된 것일까.

오랫동안 나를 재촉하기만 했던 낡은 시계를 그 풍경 속에 두고 돌아서니, 무거웠던 마음의 짐을 벗어 던진 듯 발걸음이 더없이 가벼워졌다. 공부가 지식의 습득을 넘어 자신만의 논리를 세우는 과정이듯, 나의 삶 또한 이제부턴 정답을 찾으려 조바심 내지 않으려 한다. 벼룩시장에서 마주한 여유를 마음에 품고, 작은 변화에도 감사하며 매 순간 마주하는 물음표들을 나만의 문장으로 채워갈 것이다. 인생에 정답은 없으니까.

자판기와 카페 사이

유학생 시절 나의 신념은 아주 명확했다.

'공부보다 카페인이 먼저다.'

아이들을 유치원에 등원시키고 공강 시간이 생기면 어김없이 도서관으로 출근했다. 책과 필기도구를 비치용 바구니에 담고, 나머지 짐을 사물함에 넣은 뒤 계단을 뛰어 올라가 자리를 선점했다. 그리고는 신념을 증명이라도 하듯 앉자마자 '의식'을 치렀다.

첫째, 보온병 뚜껑을 돌린다.

둘째, 떨어지는 커피 소리와 은은하게 퍼지는 커피 향을 음미한다.

셋째, 커피 한 모금 입안 가득 머금는다.

이 작은 루틴은 덜 깬 잠을 깨워주었고, 하루를 버틸 힘이
되어주었다.

사실 이 '보온병 루틴'은 독일 친구들에게 배운, 일종의
생존 전략이었다. 아침마다 각자의 취향대로 내린 차나 커피를
보온병 가득 채워오는 그들을 보며, 이들이야말로 진정한
'가성비의 민족'임을 실감했다. 나 역시 자연스레 그 흐름에
합류했다. 당시 자판기 커피가 한국보다 다섯 배는 비쌌으니
딱히 선택의 여지가 없기도 했다. 그렇다고 완벽한 절약
모드로만 산 건 아니었다. 한 달에 한 번 정도는 자판기의 유혹
앞에 멈춰 서서 버튼을 눌렀다. 물론 그때마다 머릿속 환율
계산기가 요란하게 돌아가긴 했지만 말이다.

도서관에 들어서자마자 그 시절의 자판기 커피를 추억하며
학생 휴게실을 찾았다.

'아직 그대로 있으려나…?'
반신반의하며 조심스스럽게 문을 연 순간, 전혀 예상하지

사이를 걷다

못한 풍경이 눈앞에 펼쳐졌다. 투박한 자판기와 의자 몇 개가 전부였던 자리에 세련된 이동식 테이블이 놓여 있고, 모서리마다 자리 잡은 붙박이 소파는 공간에 안락함을 더해주었다. 거기다 간접조명 덕에 공간은 한층 포근하게 느껴졌다. 생경하리만큼 변해버린 그곳에서 손때 묻은 낡은 자판기는 더 이상 찾아볼 수 없었다.

여느 카페 못지않은 정돈된 분위기 속에서 오히려 이질감이 일었다. 세련되게 변해버린 이 공간 어디에서도, 주머니 속 동전을 만지작거리며 심호흡하던 유학생 시절의 내 모습을 더 이상 찾아낼 길이 없었기 때문이다. 이제는 영영 돌아갈 수 없는 기억 속 풍경이 되어버린 것만 같아 못내 씁쓸한 기분마저 들었다.

그런 어리둥절함도 잠시, 나는 이 변화를 받아들이기로 했다. 고개를 가볍게 흔들어 상념을 털어내고는 당당하게 주문을 넣었다.

"Eine Tasse Kaffee und ein Stück Kuchen, bitte." (커피 한 잔과 케이크 한 조각 주세요.)

트레이를 받아 들고 모퉁이 쪽 의자에 앉아 여유롭게 커피를 한 모금 들이켰다. 입안에 퍼지는 온기 속에서 오래전 보온병 커피의 향이 느껴졌다. 그제야 도서관을 누비던 옛 모습이 조용히 되살아났다. 낡은 외투를 걸치고 검은 가방을 멘 채 난해한 전공 서적과 씨름하던 그 시절의 나에게, 조금의 여유를 담아 이렇게 말을 건네본다.

"커피 한 잔 할래요?"

 사이를 걷다

허기와 졸업 사이

대학 탐방에서 절대 빠뜨릴 수 없는 공간을 꼽으라면 학교 식당인 멘자(MENSA)다. 이곳은 단순히 허기를 채워주던 곳을 넘어, 학업의 불씨를 지피는 에너지 공급처와도 같았다. 예전 어른들이 말씀하시던 '밥심'이 이곳에서도 절실하게 통했기 때문이다. 잘 먹어야 생각을 하고, 생각을 해야 논문을 쓰고, 그래야 비로소 졸업이라는 관문을 넘을 수 있으니 말이다.

독일의 대학 식당은 한국과는 분위기가 사뭇 다르다. 한국 학생 식당 메뉴판에 적힌 '오늘의 메뉴 6,500원!'과 같은 구성이 이곳엔 없다. 밥, 국, 반찬이 한 세트로 나오는 게 아니라 그릇마다 개별 가격표가 붙는다. 메인 요리, 사이드 메뉴, 샐러드까지, 담는 족족 계산서에 합산된다. 그렇다면 물은 공짜일까? 천만의 말씀이다. 물 한 컵에도 가격이 매겨지는 이곳에서 '물은 셀프'라는 한국적인심을 기대했다간 낭패 보기 십상이다.

이런 시스템을 전혀 몰랐던 때에 이것저것 식판에 담았다가 계산대 앞에서 내 안경 도수를 의심해야 할 정도로 큰 충격을 받았다. 더 기가 막힌 사실은 그 금액이 '학생 할인' 가격이란다. 결국 깊은 고심 끝에 아주 명료한 결론에 도달했다.

'밥은 싸 온다.'

집에서 싸 온 밥에 저렴한 찌개나 국 하나를 곁들인, 참으로 소박한 차림이 일상이었다. 하지만 식탁이 조출하다고 해서 유학생의 마음까지 마냥 쓸쓸했던 건 아니다. 오히려 유학생끼리 모여 앉은 자리에는 늘 활기가 넘쳤다. 반나절 내내 낯선 독일어와 고군분투하던 유학생들이 유일하게 편히 모국어를 뱉을 수 있는 자리였기 때문이다.

"오늘 수업, 나만 안 들리는 거야?"
"교수님 발음은 도대체 왜 그러신대?"
"그나저나 구두 시험 준비는 다들 잘 되어가?"

사이를 걷다

이런 대화들이 훌륭한 반찬이 되어 허전한 식탁을 채웠고, 어학원 시절의 고단함을 잠시나마 잊게 했다. 한국어가 공기 중에 떠다니는 그 순간만큼은 세상 편안하고 따스했다. 주변 독일 학생들이 소란스럽다는 듯 눈살을 찌푸려도, 그 기세에 눌려 입을 다물 우리는 아니었다. 학교 식당은 그렇게 하루를 버텨낼 힘을 주는 충전소와도 같았다.

오늘, 문득 그때의 그 감성을 다시 되살리고 싶어졌다.

'그래, 오늘은 독일 학생처럼 제대로 한번 먹어보자!'

호기롭게 줄을 서서 먹음직스러운 메뉴들을 고른 뒤 당당하게 계산대로 향했다. 하지만 그 당당함은 계산대 액정에 찍힌 숫자를 보는 순간 보기 좋게 무너졌다. 그 순간, 오래전의 기억이 데자뷔처럼 선명하게 되살아난 것이다.

'이게… 정말 학생 할인 가격이라고?'

오랜 시간이 흘렀어도 계산대 앞에서의 표정만큼은 예나 지금이나 한결같다. 밥값 앞에서 느끼는 이 아찔한 충격은 세월도 비껴가는 모양이다.

포크와 숟가락 사이
────── 조국의 맛, 된장찌개의 귀환

도서관 탐방을 마치고 돌아오며 마음 속으로 결심했다. 오늘만큼은 포크와 나이프를 반납하고, 숟가락을 잡기로... 독일은 갓 구운 빵이 향긋하고 치즈 맛이 예술이지만, 며칠째 계속되는 현지 음식에 속은 이미 느끼함을 견디지 못하고 고향 음식을 강하게 요구하고 있었다.

결국 비상식량으로 사 온 된장 분말과 청양 고추가루 분말을 꺼냈다. 냄비에 물을 붓고, 된장 가루를 흩뿌렸다. 가루는 물 위에 잠시 머뭇거리다가 천천히 아래로 가라앉으며 녹아들었다. 숟가락으로 한번 저어주니 흐릿하던 물이 금세 누런빛을 띠기 시작했다. 이제 재료 손질 차례. 감자는 먹기 좋게 자르고 양파도 대충 큼직하게 잘랐다. 신선한 양송이는 송송 썰고 파도 사선으로 잘라 놓았다. 그 사이 냄비에선 된장이 보글보글 끓기

사이를 걷다

시작하고, 어느새 방 안은 고향의 냄새로 가득 찼다.

'그래, 이게 바로 조국의 향이지'.

여기에 준비해 둔 재료들을 넣고, 마지막으로 청양 고춧가루 분말을 한 숟갈 턱 뿌렸다. 그 순간, 방 안 온도 1도 상승과 함께 코끝이 찡해지고 마음까지 경건해졌다.

된장찌개 냄새를 마음껏 음미하며 끓이고 있자니 기숙사에서 유학생들과 함께 '고향의 향기 만들기' 프로젝트를 실시했던 기억이 떠오른다. 그때는 이 일을 비밀 작전처럼 수행해야 했다. 냄새 때문에 조마조마한 마음으로 된장찌개를 끓였던 시절, 눈치껏 해보려 애쓰지만, 그 진한 향은 어느새 기숙사 복도를 지나 방문 틈 사이로 깊숙이 스며들었다.

결국 그 냄새로 한 명, 두 명 코를 킁킁대며 방 밖으로 고개를 내밀었다. 그들의 얼굴에는 당황스러움과 호기심이 교차하고 있었다. 그중 어떤 친구는 가까이 다가와 "이게 무슨 냄새야? 생전 처음 맡아보는 향인데…"라며 집요하게 호기심을 채우려 했고, 또 어떤 친구는 칭찬인지 아닌지 분간하기 어려운 표정으로 "음… 향이 아주 독특하네" 하며 말끝을 흐리기도 했다. 물론 낯선 냄새를 견디지 못하고 손사래를 치거나 아예 코를 움켜잡는 독일 학생들도 있었다.

그런데 오늘만큼은 그런 눈치를 보지 않아도, 소동을 벌이지 않아도 된다. 여행 중이고, 내 숙소이니까.

몇 분 후 완성된 된장찌개를 한 숟갈 떠먹는 순간, 온몸이 환호했다. 짭조름한 된장의 깊은 맛과 고추의 알싸한 매운맛이 혀끝을 자극했다. 거기다 감자의 포슬포슬한 부드러움까지 따라오니, 이런 혼잣말이 다시 한번 자동 반사되는 게 아닌가.

'그래, 이게 바로 내 나라 고향의 맛이지.'

사이를 걷다

소박함과 완벽함 사이

독일에서 여행자가 누릴 수 있는 최고의 사치는 의외로 소박한 데 있다. 도시 전체가 아직 잠에서 깨지 않은 새벽, 낮게 깔린 안개를 헤치고 동네 빵집으로 향하는 부지런한 발걸음이 바로 그것이다.

그런 호사를 누리기 위해 차가운 새벽 공기를 가르며 집을 나섰다. 빵집 앞은 이미 사람들로 북적였고, 야외 테이블에 앉아 커피 한 잔과 함께 가벼운 아침 식사를 즐기는 사람들도 눈에 띄었다. 빵집 모퉁이를 돌 때쯤 고소한 빵 내음이 잠자던 감각을 기분 좋게 깨워 주었다.

빵집 문을 열고 들어서자, 갓 구워낸 빵들이 먹음직스럽게 쌓여 있었고, 그 너머론 하얀 밀가루를 묻힌 제빵사의 손길이 바쁘게 움직이는 것이 보였다. 어느덧 내 차례가 왔고, 마주한 주인장에게 기분 좋은 인사를 건네며 주문했다.

"Zwei Brötchen, bitte." (브뢰첸 두 개 주세요.)

갓 구운 빵이 담긴 종이봉투가 주인장의 다정한 미소와 함께 내게 전해졌다. 기분 좋은 온기가 고스란히 남아 있는 빵을 품에 품고 집으로 돌아왔다. 그리고 빵을 두 쪽으로 가른 뒤 그 위에 차가운 버터 한 조각을 툭 얹었다. 빵 결 사이로 버터가 녹아들고, 그 빵을 한입 베어물자, 여행자가 누릴 수 있는 가장 사치스럽고도 완벽한 아침이 완성되었다.

빵 이야기가 나왔으니, 독일인들의 주식 문화에 대해 살짝 덧붙여본다. 우리에게 백미, 현미, 잡곡밥 등이 있다면 이곳의 빵도 저마다의 쓰임과 매력이 다양하다.

그중 아침 식탁의 주인공은 단연 '브뢰첸(Brötchen, 작은 빵)'이다. 군더더기 없이 매끈한 이 기본 빵부터 각종 씨앗이 듬뿍 박힌 '케른 브로트(Körnerbrot)'까지, 그 종류가 워낙 다양해 취향껏 고르는 재미가 쏠쏠하다. 특히 씨앗 빵은

사이를 걷다

씹을수록 입안 가득 고소함이 톡톡 터진다. 한 주먹 크기의 브뢰첸이 귀엽다면, 큼직하게 덩어리째 파는 빵들도 눈길을 끈다. 가장 대표적인 것이 '농부의 빵'으로 불리는 '바우언 브로트(Bauernbrot)'이다. 투박한 겉모습과는 달리, 속살은 놀라울 정도로 촉촉하고, 여기에 특유의 기분 좋은 산미까지 감돈다. 그것을 빵칼로 썬 뒤, 그 위에 치즈나 버터 조각을 무심하게 툭 얹으면 그야말로 '찰떡궁합'의 맛이 느껴진다.

마지막으로 우리네 잡곡밥 같은 '폴콘 브로트(Vollkornbrot)'도 빼놓을 수 없는 주식 중 하나다. 통곡물을 꽉꽉 눌러 담은 이 빵 한 조각만 먹어도 밥 한 공기를 비운 듯 속이 꽉 찬다. 밀도가 워낙 높아 적응하기 쉽지 않은 빵이다. 하지만 그 묵직한 매력에 한번 빠지면 헤어 나오기 어렵다.

밥이 주식인 나라에선 밥을 먹기 위해 반찬에 공을 들인다면, 이들에게 버터는 빵을 돋보이게 하는 가장 완벽한 '반찬' 중 하나이다. 갓 구운 빵의 온기 위에 녹아든 버터, 그걸 한입 베어 물면, '으음, 바로 이 맛이지!'라는 감탄사가 저절로 터져 나오기 마련이다. 여기서 버터는 단순히 빵에 발라 먹는 정도의 조연급 수준이 아니다. 적어도 3mm는 됨직한 두툼한 조각을 빵 위에 얹어 먹어야 제맛이다. 그 압도적인 두께를 보고 있자면, 독일 사람들의 유별난 '버터 사랑'이 얼마나 진심인지 단박에 느껴진다.

빵 이야기에 치즈가 빠지면 섭섭하다. 가장 먼저 손이 가는 건 고소하고 무난한 '고우다'다. 거기에 구멍이 송송 뚫린 '에멘탈'은 담백한 매력이 있고, '프리쉬 케제'는 우리에게 익숙한 크림치즈와 흡사하다. 버터가 맛의 기초공사라면, 프리쉬 케제는 그 위에 살짝 덧칠해 밋밋한 빵 맛을 화려하게 살려준다고나 할까. 은은한 향의 '카망베르'가 조용히 존재감을 드러낸다면, 조금 더 진한 고소함을 원하는 이들에겐 '베르그 케제'가 정답이다. 하지만 치즈의 진짜 압권은 역시 '곰팡이' 치즈다. 처음엔 낯선 겉모습에 주춤하게 되지만, 한 입 맛보는 순간 이것이 왜 '고급 곰팡이'인지 단번에 깨달을 수 있다. 대표 주자인 '캄보졸라'는 흰 곰팡이의 부드러움과 푸른곰팡이의 알싸함을 동시에 품고 있다. 냄새는 조금 고약할지 몰라도, 와인과 빵 옆에 슬쩍 곁들이는 순간, 단조롭던 식탁에 품격이 더해진다.

빵 위에 얹는 것으로 꾸준히 사랑받는 것은 역시 잼이다.

  사이를 걷다

독일 빵엔 단맛이 없다. 그래서 잼을 애용하는 사람들이 많다. 그런 수요에 걸맞게 다양한 과일과 베리류의 잼이 발달해 있다. 여기에 취향에 따라 꿀이나 누텔라까지 더해지면, 빵 한 조각을 위한 화려한 라인업이 완성된다. 빵을 단순히 주식으로 먹는 게 아니라, 온갖 재료를 조합해 저마다의 작품을 만들어 먹는 느낌이랄까.

이런 다채로운 조합 덕분에 독일의 아침 식탁은 여행자에게 적은 비용으로도 최상의 만족을 선사한다. 갓 구운 빵에 신선한 버터를 펴 바르고, 그 위에 고소한 치즈와 짭조름한 햄을 얹는 것만으로도 충분하다. 이 소박한 조합은 이름난 맛집 부럽지 않은 훌륭한 만찬이 되어, 여행자에게 허기와 로망을 동시에 채워주기에 더할 나위 없이 완벽하다.

찌개와 버터 사이
——— 저녁은 빵과 버터로만

빵 얘기를 조금만 더 이어가 보자. 매 끼니 '무엇을 차릴까?' 혹은 '무엇을 먹을까'라는 고민은 주부들에게 마치 시지프스의 형벌처럼 끝없이 되풀이되는 일상의 굴레다.(물론 아닌 사람도 있겠지만) 퇴근 시간이 가까워지면 사무실 여기저기서 절박한 '생각의 품앗이'가 벌어지는 이유도 바로 이 때문이다.

"저녁 국거리 정하셨어요?"
"밑반찬은요?"

위와 같은 질문들이 대단한 영감을 구걸하듯 오고 가고, 서로의 메뉴를 베끼며 정답을 찾아내려 애쓴다. 주부들의 머릿속은 이 끝나지 않는, 반복적인 과제로 과부하가 걸리기 일쑤다.

그런데 매일, 아침 저녁 쌀을 씻고, 국 끓이고, 밑반찬 고민에 빠지는 이 굴레에서 벗어나게 해줄 '치트키'가 하나 있다. 그건 바로 빵이다. 번거로운 가사 노동을 빵 한 조각으로 대체하는 순간, 주부의 일상에는 경건하기까지 한 여유가 찾아온다. 단언컨대, 이 합리적인 빵 문화 덕분에 부엌으로부터의 진정한 해방을 가장 먼저 쟁취한 주인공은 다름 아닌 서양의 주부들일 것이다.

그런 배경 덕분인지 독일의 상차림은 놀라울 만큼 단순하다. 찌개를 끓이고 나물을 삶고 무치는 수고로움이 없을뿐더러, 그 과정을 위해 온갖 냄비와 프라이팬이 화구 위에 총출동할 일도 없다. 복잡하고 분주한 조리 과정을 아래와 같이 간결하게 갈음하는 것, 그것이 이곳 식탁의 미학이다.

식탁에 빵 한 바구니 올리고,
버터 한 통,
치즈 서, 너 조각,
슬라이스 햄 서, 너 장,
그리고 서운하다 싶으면 잼 한 병.

어떤 집은 그냥 이 한마디면 끝일 수도 있다.

"오늘 저녁은 버터만."

별도의 준비 시간이 필요하지 않는 데다, 심지어 빵칼 하나만 있으면 모든 요리가 해결된다. 썰고, 바르고, 올리고. 이 세 가지 루틴 덕에 간단한 설거지는 결과물로 따라온다. 칼 하나, 접시 두 개, 컵 몇 개.

물론 이런 날도 있다. '오늘은 따뜻한 국물 요리 하나 해볼까?' 싶으면 간단하게 굴라쉬 스프(토마토 퓨레에 고기와 온갖 야채를 한 번에 넣고 끓인 것) 정도 끓이면 끝이다. 그 안에 온갖 영양소가 모두 들어 있으니, 건강을 챙기기에 부족함도 없다.

한국이 정성을 꾹꾹 눌러 담은 밥상 문화라면, 독일은 효율적인 단순함의 미학을 보여준다. 어느 쪽이 옳다 할 수는 없지만, 적어도 빵 중심의 식문화가 살림의 무게를 획기적으로 덜어준다는 사실만큼은 분명하다.

 사이를 걷다

열량과 욕망 사이
—————— 오늘은 행복만 생각하자

독일 빵의 세계에 투박한 '식사용 빵'만 존재한다고 생각하면 오산이다. 달콤한 유혹을 품은 디저트 빵, '쿠헨(Kuchen)'의 존재감 또한 그냥 지나치기 어려울 만큼 강렬하다. 그래서 독일 빵집에 들어갈 때는 '다이어트'란 단어를 문 앞에 잠깐 두고 들어가야 한다. 가게 문을 여는 순간부터 버터와 설탕, 향신료가 '오늘은 행복만 생각하자'고 유혹하기 때문이다. 디저트빵을 쿠헨(Kuchen)이름으로 통치지만 종류가 많아 빵 진열대를 마주하면 인생의 선택이 왜 이렇게 어려운지 실감하게 된다.

그중 가장 일반적인 것은 마멜 쿠헨이다. 빵을 절반으로 갈라 보면 사이사이 잼이 줄무늬처럼 층을 이루고, 그걸 한입 베어 물면 입안에서 포근하게 퍼지는 단맛이 고단했던 마음을 풀어준다. 조금 더 활기찬 기운이 필요하다면 오브스트 쿠헨이제격이다. 이것은 제철 과일을 아낌없이 올린, 밀가루 반, 과일 반일 정도인, 타르트와 케이크의 중간 형태의 디저트이다. 겉보기엔 단단해 보이지만, 막상 입에 넣으면 과일마다 갖는 단맛과 상큼함이 버터로 인한 디저트의 느끼함을 잡아준다. 사과 쿠헨은 얇게 저민 사과결이 부드럽게 씹히면서 사과 껍질의 신맛을 담은 달콤함이 따라오고, 자두나 베리류라면 혀끝에 살짝 톡 하고 닿는 신맛이 상큼함을 더해준다.

독일 빵집에서는 소박함의 대명사인 슈트로이젤 쿠헨을 빼놓을 수 없다. 이 빵 위에 올려진 자글자글한 버터 크럼블은 겉보기엔 투박하지만, 이게 또 겉바속촉의 식감으로 은근히 존재감을 드러낸다. 끝으로 빼놓을 수 없는 것은 케제 쿠헨이다. 미국식 치즈 케이크가 묵직함으로 밀어붙인다면 독일식은 은근한 산미와 부드러운 식감으로 조용히 어필한다.

이런 보암직도 하고 먹음직도 한 다양한 쿠헨들 앞에 서면 누구라도 잠시 망설여질 수밖에 없다. 욕망을 열량과 가격으로 누르면서 말이다.

한입과 멈춤 사이

──────── 케밥의 역습

독일 하면 대부분이 '소시지!'를 떠올리지만, 정작 내가 가장 그리워했던 건 케밥이다.

유학생 시절, 집 근처에는 아랍인이 운영하는 작은 케밥 가게가 있었다. 수업을 마치고 그 앞을 지날 때면 회전 그릴판을 돌며 익어가는, 고소하고도 진한 양고기 향이 지나가는 사람들의 발길을 기어이 붙잡아 세우곤 했다. 특히, 수직 꼬챙이 위에서 흘러내린 기름이 철판에 닿아 '치이익'하고 소리를 내면, 이성은 속절없이 흔들렸다. 결국 그 끌림을 이기지 못하고 묵직한 유리문을 밀고 들어서면, 주인은 기다렸다는 듯 고기 썰던 칼을 멈추고 환한 미소와 함께 이렇게 물었다.

"빵은 어떤 걸로 구워줄까요? 야채는 다 넣어요? 소스는 뭘로

하실래요?"

　마치 취향을 테스트하는 면접관처럼 묻는 그 물음에 나는 주저 없이 이렇게 답했다.

"작은 사이즈로 하나만 주세요. 소스랑 야채는 듬뿍 담고요!"

　주문과 동시에 주인장의 손놀림은 분주해졌다. 커다란 고기 더미에서 얇게 저며낸 살코기를 따끈한 빵 위로 툭툭 던지듯 얹고, 그 위로 싱싱한 양상추와 양파, 토마토를 빈틈없이 쌓아 올렸다. 마지막으로 사이사이 소스를 듬뿍 뿌려 묵직한 케밥 하나를 뚝딱 완성해 냈다.

　주인장이 건넨 케밥을 들고 집으로 향하는 발걸음은 더없이 가벼웠다. 집에 도착해 케밥을 반으로 잘라 내어주면, 아이들은 그 작은 조각 하나에도 세상을 다 얻은 듯 기뻐했다. 입안 가득 맛있게 먹는 아이들의 모습만 봐도 내 배가 불러오는 기분이었으니, 엄마의 마음이란 참으로 묘한 것이다. 내가 먹지 않은 것이 마음에 걸려 나를 돌아보는 아이들에게, 나는 괜찮다는 듯 환하게 웃으며 말을 건넸다.

　　　　　　　　　　　　　　　　　사이를 걷다

"많이 먹어! 엄마는 괜찮아."

말로는 괜찮다 했지만, 실제로는 고소한 향기에 기대어 '눈으로만 저녁을 먹던' 날들이었다.

하지만 그 시절도 지나갔다. 나를 위해 기꺼이 케밥 하나를 살 수 있는 날이 온 것이다. 케밥 집에 들러 당당히 주문을 마치고, 완성되기를 기다리는 내내 즐거운 상상에 빠졌다. 바삭하게 익은 고기 사이로 배어 나오는 은근한 허브 향, 그리고 그 뜨거운 열기를 감싸안은 아삭한 채소들의 조합을 생각하니 상상만으로도 입안에 침이 고였다. 완성된 케밥을 손에 쥐고 서둘러 집으로 돌아와, 기대에 부푼 채 크게 한입 베어 물었다. 하지만 그 순간, 예상치 못한 충격이 밀려왔다.

'어라? 이 맛이 아닌데!'

독일 음식은 원래 짜다. 소시지도 짜고, 스프도 짜다. 그걸 잊을 리 없는데 이번 건 과하다 싶었다. 한 입, 두 입, 그리고 멈춤이 바로 찾아왔다. 더 먹어서는 안 될 맛이었다. 생존 본능이 발동했다. 냉장고 문을 열고 남은 오이, 상추, 토마토를 긁어모아 케밥 속에 죄다 집어넣었다. 그 결과 탄생한 건, 가져온 크기의 두 배쯤 되는 정체불명의 빅사이즈 케밥이 되었다. 비주얼은 흉해졌지만, 맛은 어찌 됐든 인간이 먹을 수 있는 맛까지는 회복되었다. 마지막 한입을 억지로 넘긴 뒤, 진지하게 다짐했다. 다시는 케밥에 욕심내지 않겠다고, 절대로.

하지만 스스로도 잘 안다. 이런 다짐은 오래가지 않는다는 걸. 케밥 향은 강한 기억으로 남아 시간이 지나면 또 그리워지고, 막상 먹어보면 감탄하거나 때로는 실패하는… 그럼에도 결국엔 또다시 찾게 되는 그런 음식이라는 것을 말이다.

귀찮음과 책임 사이
──────── 병은 반드시 돌려주자

여행 중 생긴 문제는 거창한 것이 아니었다. 기내에서 "기체 점검 중"이라는 문구가 뜬 것도 아니고, 기차의 연결 지연으로 미스드 커넥션이 발생한 상황도 아니었다. 숙소가 사진엔 넓어 보였지만 실제론 캐리어 하나 놓으면 끝인 것도 아니고, 길거리에서 소매치기에게 지갑을 털리는 비극적인 상황이 발생한 것도 아니었다. 문제의 본질은 단순했다. 바로, 물. 마실 물 때문이었다.

독일 주방의 수돗물은 겉보기엔 천연수처럼 투명하고 맑다. 수질 좋기로도 유명하지만, 그 투명함 이면에는 '칼크(Kalk)'라 불리는 석회 성분이 도사리고 있다. 설거지 후 귀찮아서 물기를 마른 수건으로 닦지 않으면, 단 며칠 만에 칼크의 존재를 여실히 체감하게 된다. 물이 닿았던 곳곳마다 하얀 가루가 내려앉은 모습으로 말이다.

칼크의 이런 존재감을 알고도 수돗물을 그냥 마실 수 있을까? 물론 마실 수는 있다. 그런다고 몸에 당장 이상 증세가 나타나는 건 아니니까. 하지만 마음 한구석이 꺼림칙해지는 건 어쩔 수 없다. 그래서 대부분의 독일 가정에서는 요리할 때, 국내에도 이미 알려진 '브리타' 정수기를 애용한다. 그리고 마시는 물은 따로 사서 마시는 것이 일상적인 풍경이다.

이러한 사정은 여행자에게도 예외가 아니다. 여행자가 머무는 동안 요리에 쓸 물과 마실 물을 부지런히 사다 날라야 한다. 숙소에는 정수기가 없는 경우가 많기 때문이다. 게다가 물은 마시는 것으로 끝이 아니다. 빈 병을 다시 마트로 가져가 환급받는 '판트(Pfand)'의 과정, 즉 사고 되돌리는 수고를 오롯이 감내해야 한다.

독일에서는 물병마다 판트(pfand, 보증금)가 붙는다. 병 크기에 따라 다르지만, 일반적으로 물값의 약 30% 정도가 보증금으로 잡혀 계산된다. 판트를 안 하면, 그만큼의 돈이 공중으로 날아가는 셈이다. 그래서 독일인들은 매일 성실하게 병을 씻고, 정렬해 놓았다가 그것을 다시 마켓으로 들고 간다.

여행 기간 나도 그 대열에 다시 합류했다. 생수 외에 식사용 물까지 생각하면 꽤 많은 양의 물과 빈 병을 날라야 했다. 나중에는 마트에 갈 때마다 '빈 병 챙겼나?' 하는 작은 강박이 되살아날 정도였다. 처음에는 '왜 이렇게 복잡하지?' 하고 불평하지만, 판트하고 난 뒤 영수증에 찍힌 환급금을 보면 또 나름의 성취감이 밀려온다. 오늘도 나는 환경을 지켰고, 동시에 지갑도 지켰다는 느낌이랄까?

'물 수급 작전', '빈 병 반납 사건', 독일 여행을 계획하며 미처 생각지 못한, 아니 잊었던 미션이다. 하지만 이런 귀차니즘의 실천이 작지만 환경을 지키는 연습장이 되고 있음을 되새겨본다. 끝으로 오늘도 그 일에 참여한 나에게 한 마디 덧붙여본다.

"흘러가는 물처럼 살되, 병은 반드시 돌려주자."

낭만과 퇴근 사이

'오늘은 음악회나 한번 가볼까?'

독일은 평일에도 시내 곳곳에서 크고 작은 음악회가 열린다. 지역 사회의 사랑방을 자처하는 교회들이 기꺼이 공간을 내어주는 덕분이다. 이왕 온 것, 독일의 클래식 선율을 직접 느껴보는 것도 좋겠다 싶어 수소문해 보니, 시내의 한 교회에서 '수요 음악회'가 열린다는 반가운 소식이 들려왔다. 지역에서 '숨은 스타'로 통한다는 기타 연주자의 공연이란다. '독일, 여행, 그리고 기타 연주'라니! 이 완벽한 삼박자 앞에서 여행자로서 발걸음을 옮기지 않을 이유가 없었다.

집에서 행사장까지 도보로 40분 거리. 버스를 타도 되지만, 오늘은 걷고 싶었다. 이유는 단순하다. 걷지 않으면 놓쳐버릴 무언가가 기다리고 있는 듯한 느낌 때문이다. 실제로 가는 길엔 키일 도심의 심장부이자, 크리스마스 장이 펼쳐지던 안드레아가이 쉬트라세(Andreas-Gayk-Straße)가 있다. 이 거리는 제2차 세계대전 직후 새롭게 조성된 곳으로, 지금은 시청 신청사와 관광안내소가 자리해, 행정과 여행이 자연스럽게 만나는 지점이 되었다. 이름은 전후 재건을 이끈 시장, 안드레아스 가이크(1893~1954)를 기리기 위해 붙여졌다고 한다.

이 거리는 관공서만 자리한 것이 아니다. 도로변에 있는 갤러리에서는 회화, 설치, 조각 등 다양한 현대 예술 전시가 수시로 열려 거리 자체가 작은 문화 동선처럼 이어진다. 덕분에 키일 시민들은 업무 보러 왔다가 전시에 빠지고, 쇼핑하러 왔다가 갤러리까지 들르는 일상을 누린다. 그 주변에는 오래된 상점과 백화점, 새로 문을 연 카페가 어우러져 행정, 문화, 일상, 관광이 자연스럽게 흘러가는 도심다운 풍경이 펼쳐진다.

이 거리는 크리스마스 마켓이 열리는 곳으로도 유명하다. 12월의 첫날이 되면 거리 한복판은 어느새 화려한 시장으로 변모한다. 길게 이어지는 겨울과 매서운 추위 속에서도, 이곳은 시민들이 잠시 머물며 서로의 온기를 나눌 수 있도록 기꺼이 자리를 내어준다.

　독일, 특히 북독일의 겨울은 길고도 춥다. 집 밖을 나서면 손과 코는 금세 얼어붙고, 얼굴은 찬바람으로 붉게 달아오른다. 하지만, 이 거리 한복판으로 한 걸음 들어서는 순간, 그 차가움은 크리스마스 장의 온기로 곧 사라진다. 장 인근에 도착하면 벌써 캐럴이 언 귀를 깨우고, 그 소리에 흥이 난 아이들의 깨알 같은 웃음이 뒤를 잇는다. 눈은 전구와 조명이 켜켜이 만든 빛의 결을 따라가고, 코는 시나몬 향과 구운 소시지 냄새를 자연스레 좇는다. 때때로 구운 사과를 파는 아저씨가 "한번 먹어볼래요?" 하고 슬쩍 눈짓하기도 한다.

　한쪽에서는 글뤼바인의 향이 차가운 겨울 저녁 공기를 달구고, 주인장이 건넨 따뜻한 머그잔을 두 손으로 감싸고 글뤼바인을 한 모금 들이켜면 얼었던 손끝이 서서히 풀리고 마음까지 느슨해진다. 시장 곳곳에는 나무 장난감, 양모 장갑, 손수 만든 양초 같은 소박한 물건들이 놓여 있어 '사도 좋고, 안 사도 괜찮은' 구경거리까지 제공한다. 겨울에만 잠깐 등장했다 사라지는 동화 속 마을처럼 등장한 크리스마스 장은 그렇게 특별했고, 모인 사람들 모두는 크리스마스의 주인공이 된

　　　　　　　　　　　　　　　사이를 걷다

듯했다.

군이 오늘 걷기를 선택한 건 아마도 그때의 웃음과 향기, 그리고 따스한 불빛이 그리워져서인지도 모르겠다. 천천히 걸으며 보고 듣고 맡는 것만으로도 마음 깊은 곳에 자연스레 번지던 그 온기를 되살리고 싶어서 말이다. 그렇게 걷다 보면 머릿속에 흐릿하게 남아 있던 장면들이 하나둘 새록새록 떠오를 테니까.

그래서일까. 흩어져 있던 기억들이 작은 퍼즐처럼 맞춰지며 그때의 크리스마스 마켓의 장면이 다시 펼쳐지는 듯하다. 아이들의 웃음도 돌아오고, 캐럴 소리도 은은하게 퍼지고. 거기다 모여든 사람들의 들뜬 발걸음까지 눈앞에 아른거린다. 마치 오래전의 내가 다시 그 길 위를 지나며, 조용히 동화 속 장면을 통과하고 있는 것처럼 말이다.

정신을 차려보니 크리스마스 거리의 낭만에 너무 깊이 빠져 음악회 시간에 늦을 판이었다. 나는 우아한 여행자의 품격은 잠시 내려두고 전력 질주했다. 하지만 아니나 다를까, 음악회는 이미 시작되었고 출입문은 닫혀 있었다.

닫힌 문을 슬쩍 열고 들어가 보니 객석은 '매진'까지는 아니더라도, 열성적인 팬들로 앞줄은 가득 채워져 있었다. 나는 조용히 뒷좌석 한쪽에 엉덩이를 붙이고 앉았다. 한 곡 한 곡 끝날 때마다 쏟아지는 뜨거운 박수 세례와 사회자의 멘트가 이어졌다. 하지만 서너 곡쯤 지났을까? 마음속에서 정직한 소리가 들려왔다.

'음, 이 정도면 충분히 문화생활 했어. 이제 그만 돌아가도 되겠는걸.'

사실 아무리 귀를 쫑긋 세워본들, 독일어 가사가 들릴 리 만무했다. 예나 지금이나 나에게 독일 노래란 그저 '멜로디'일 뿐. 이런 처지에 노래에 담긴 깊은 애환까지 공감하기엔 내공이 턱없이 부족했다. 주변 사람들은 박수치며 열광하는데, 나 홀로 영혼 없는 박수를 기계적으로 보태는 건 도리가 아니지 않나, 하는 짧은 성찰 끝에 선택할 수 있는 최상의 답은 오직 하나, '정직한 퇴근'뿐이었다.

'역시 독일의 '흥'은 나랑 안 맞아.'

이 말을 나지막이 되뇌며, 열광하는 인파 사이로 조심스럽게
'조기 퇴근'의 발걸음을 옮겼다.

꽃다발과 여유 사이
─────── 오늘은 꽃을 산다

이 동네의 수요일과 토요일 아침은 알람 시계가 필요 없다. 시장 소리로 동네가 깨어나기 때문이다. 해뜨기도 전에 이미 시내의 큰 주차장은 장터로 변신한다.

트럭에서 상자가 내려오고, 천막이 펴지고, 소시지가 트럭 위쪽에 매달려 손님들을 유혹한다. 한 켠엔 "Eine Bratwurst"(구운 소세지 있어요)라는 외침이, 이른 아침 손님들의 시장기를 은근히 자극한다. 다른 쪽에서는 갓 구운 빵과 쿠헨이 진열장에 차곡차곡 쌓이고, 사과 향 품은 패스트리와 고소한 브레첼이 허기진 손님을 향해 손짓한다. 맞은 편엔 소스 부스가 기다린다. 마늘, 겨자, 토마토, 허브, 심지어 와인 맛까지, 종류만 보면 거의 '독일식 젓갈 코너'라고 해도 믿길 정도다. 생선 부스에는 북해 바람을 담은 짭조름하면서도 비릿한 향이 맴돌고, 얼음 위의

　　　　　　　　　　　　　　　사이를 걷다

청어와 대구는 신선한 빛을 반짝인다. 그 앞에서는 채소 파는 상인이 당근을 머리 높이만큼 들어 올리며 "오늘 아침에 뽑은 겁니다!"라며 신선함을 자랑한다. 시장 중앙에 자리한 꽃가게는 시장의 분주함 속에서도 작은 여유를 갖게 한다. 선명한 빛을 띤 튤립, 형형 색깔의 장미, 이름 모를 다채로운 식물들까지 한데 어우러져, 그 앞에 서 있으면 꼭 작은 정원에 온 듯한 느낌을 받는다.

자, 눈으로 즐기는 건 여기까지. 이제 진짜 장보기 돌입 시간이다. 과일 가게에 들러 토마토 가격을 묻자, 주인의 반응에서 예전과는 확실히 다른 기류가 읽힌다. 한때는 이방인을 경계하는 낯빛으로 무심하게 대했다면, 오늘은 호기심 가득한 미소를 머금고 먼저 질문을 던져온다.

"어디서 왔어요?"
"한국이요."

내 대답이 떨어지기 무섭게 주인의 눈이 휘둥그레지더니 외친다.

"오! BTS의 나라! 넷플릭스에서 본 그 한국 맞죠?"

주인의 목소리가 커지자, 옆쪽의 점포 상인과 장을 보던 손님들까지 슬쩍 고개를 돌려 나를 쳐다본다. '한국', 'BTS'라는 말 한마디에 주인의 얼굴은 조명을 켠 듯 환해졌고, 가게 주변은 순식간에 친근한 환대로 바뀌었다.

예전에는 아무도 아는 척하지 않던 내 나라가, 낯선 장터 한가운데서 환영받는 이름이 되다니. 시장통의 소박한 환대에 자연스레 어깨가 펴지는 것은 단지 기분 탓만은 아닐 것이다.

사실 오늘 장터를 찾은 데는 명확한 이유가 있었다. 나 자신에게 꽃 한 단을 선물하고 싶었기 때문이다. 언제부터 내가 '꽃을 든 여자'를 꿈꿨는지는 확실치 않다. 아마도 예전 아르바이트 시절, 주말마다 거실과 욕실을 싱싱한 꽃으로 단장하던 독일 집 주인의 모습이 깊이 남았던 모양이다.
그때 내 눈을 사로잡은 것은 꽃이 만드는 공간의 화사함보다, 매주 꽃 한 단을 골라 집으로 향하는 그 마음의 여유였다. 그날 이후 꽃은 언젠가 내 삶에도 꼭 들이고 싶은 여유의 상징이 되었고, 오늘 나는 그동안 미뤄온 그 작은 사치를 이곳 장터에서

사이를 걷다

기꺼이 실현해 보기로 했다.

그런데 생각보다 낭만의 문턱은 높았다. 예쁜 꽃들에 마음을 뺏기다가도 가격표만 보면 벅차올랐던 감성이 차갑게 식어버렸다. '그냥 포기할까?' 하는 내려놓음의 미학이 슬며시 고개를 들었다. 하지만 오래된 결심을 이대로 접기엔 못내 아쉬워 시장을 한두 바퀴 더 돌며 기회를 엿보았다. 그렇게 헤맨 끝에 드디어 타협할 만한 '경제형 믹스 부케'를 발견했다. 가격은 '4.50유로'. 장미 한 단 값의 절반밖에 안 되지만, 구성만큼은 소박한 매력이 넘치는 아주 기특한 녀석이었다.

'그래, 감성에도 가성비는 필요해.'

현실과 낭만 사이에서 절묘한 타협점을 찾아낸 스스로가 꽤나 대견했다. 주인에게 현금을 건네고 꽃다발을 품에 안으며 조용히, 그러나 기분 좋게 중얼거렸다.

'살면서 이런 날도 있어야지.'

청어와 낭만 사이

——— 비와 꽃, 그리고 바이올린

여행 버킷리스트 하나를 기분 좋게 달성하고 돌아서려는데 갑자기 하늘이 잿빛으로 내려앉더니 빗방울이 한두 방울씩 떨어지기 시작했다.

'그래, 이게 바로 키일(Kiel)이지.'

한여름에도 눈 한번 깜박이면 비가 쏟아지고, 한 번 더 깜박이면 언제 그랬냐는 듯 해가 나는 동네. 그것이 내가 아는 키일의 여름 얼굴이었다.

변덕스러운 날씨도 여행의 일부라며 정겹게 받아들이려던 찰나, 빗줄기가 거세졌다. 추적추적 내리는 비와 함께 시장통을 가득 채웠던 열기도 마법처럼 한풀 꺾였다. 우렁찬 목소리로

"Eine Bratwurst(구운 소시지요!)"를 외치던 상인의 목소리는 빗소리에 묻혀 사라지고, 소시지 굽던 화덕의 불꽃만 희미하게 남았다. 빵집 아주머니도 서둘러 빵 상자를 트럭으로 옮기며 '오늘 장사는 여기까지!'라는 듯 무심한 표정을 짓고, 채소 가게 아저씨는 행여 채소가 젖을세라, 조심스레 상자들을 차 안으로 들여놓기 시작했다.

장터의 활기가 빗줄기에 씻겨 내려갈 때쯤, 빗소리 사이로 잔잔한 바이올린 선율이 흘러나왔다. 소리를 따라 시선을 옮겨보니 길모퉁이 한 건물의 포치 아래 한 남자가 자유롭게 현을 켜고 있었다. 곡명조차 모르는 생소한 선율이지만 낯선 곳을 헤매는 여행자의 귀에는 그 음 하나하나에 낭만이 꾹꾹 눌러 담기는 듯했다. 나는 품에 안은 꽃다발이 젖지 않게 고쳐 안으며 빗속에 멈춰 서서 그 선율을 감상했다.

주말 시장의 북적였던 잔상, 품 안에서 싱그러운 향을 내뿜는 꽃다발, 예고 없이 쏟아진 소나기, 그리고 그 모든 풍경 위를 포근하게 덮는 바이올린 선율까지. 여행자에게 이보다 더 완벽하고 낭만적인 조합이 또 있을까. 한참을 그 선율에 홀린 듯 서 있다가, 그칠 기미 없는 빗줄기를 길동무 삼아 숙소로 향했다.

숙소에 도착해 조심스레 꽃다발을 내려놓자, 꽃잎 사이에 숨어 있던 빗방울이 바닥으로 또르르 떨어졌다. 그 순간, 빗소리에 섞여 들리던 바이올린 소리가 다시 귓가에 선명해졌다. 마치 아까 듣던 그 바이올린 선율이 빗방울과 함께 꽃잎에 묻어온 것처럼 말이다.

'그분은 지금도 연주하고 있을까.'
비에 젖은 장터에서 낭만을 지키는 수호자처럼 말이다. 그래서일까, 오늘 시장의 기억은 이전과는 사뭇 다르게 남을 것 같다. 코끝을 자극하던 소시지와 청어의 비릿한 냄새가 뒤섞인 투박한 현실이 아니라, 빗속에서 바이올린 선율이 울리던 한 편의 영화 같은 장면으로….

사이를 걷다

K-드라마와 우정 사이

독일에 가면 꼭 만나야 할 얼굴이 있었다. 독일 친구 둔야다. 그녀는 큰아이의 단짝인 리오니의 엄마이자, 나의 고단했던 유학 시절을 지탱해 주었던 친구다. 17년이라는 아득한 시간을 건너 그녀를 다시 만날 생각에 여행 전부터 마음은 이미 설렘으로 부풀었다.

마침내 긴 침묵을 깨고 마주한 찰나. 우리는 누가 먼저랄 것도 없이 서로를 향해 환호 섞인 비명을 내질렀다.

'오 마이 갓!'

세월은 우리 두 사람의 얼굴에 공평한 흔적을 남겨두었다. 하지만 서로를 바라보는 눈빛만큼은 열정 넘치던 그 시절

그대로다.

둔야는 간호사로 일하며 홀로 딸을 키워내고 있었다. 겉보기엔 한없이 고단한 삶이었을지 몰라도, 그녀는 주변을 품어 안을 만큼 따뜻했다. 쉬는 날이면 두 아이를 위해 특별한 일상을 선물했다. 여름 햇살 아래 해변 소풍을 떠나고, 주말이면 큰아이를 집으로 초대해 재우고 먹이며 살뜰히 챙겨주었다. 그런 다정함은 귀국한 뒤에도 변함이 없었다. 한국의 정치 상황이 불안정해졌을 때, 그녀는 진심 어린 메일을 보내 멀리 있는 나를 다독여주기도 했다.

"Wenn es schlimm wird, komm zu mir. Ein Zimmer für dich ist jederzeit bereit.."(상황이 나빠지면 내 집으로 와. 너를 위한 방이 언제든 준비되어 있으니.)

그런 둔야의 손을 다시 맞잡고 여름의 끝자락, 바람이 살랑이는 해변 산책로를 함께 걸었다. 우리는 그간 밀린 수다의 '풀 가동' 모드에 돌입했다. 아이들 키우던 시절의 해프닝부터 중년의 건강 문제, 독일과 한국의 정치 상황까지 대화의 주제는 끝없이 뻗어 나갔다. 그러다 예상치 못한 지점에서 대화의

                                    사이를 걷다

스파크가 튀었다.

"나 요즘 '폭싹 속았수다' 보고 있어. 한국 드라마, 정말 대단해!"

순간, 난 내 귀를 의심했다. 자기 문화에 대한 자부심이 깐깐하기로 유명한 독일 사람, 그것도 북쪽 끝자락에 사는 둔야의 입에서 한국 드라마의 제목이 나오다니! 그녀의 분석은 평론가 못지않게 정교하고 깊이가 있었다. 가벼운 호기심 수준이라고 하기에는 그 통찰이 꽤 묵직했다.

"한국 드라마는 감정의 결이 달라. 과하지 않은데 깊고, 전개는 빠른데 그 섬세한 감정선을 절대 놓치지 않아. 독일 드라마와는 확실히 '결'이 달라."

드라마 속에서 그녀를 사로잡은 대목은 뜻밖의 지점이었다. 그녀는 제주의 '해녀'에 깊이 매료되어 있었다. 거친 북해를 곁에 두고 평생을 살아온 그녀에게, 별다른 장비도 없이 맨몸으로 바다를 일구는 해녀의 물질은 경이로움을 넘어 하나의 판타지 그 자체였던 모양이다.

"아니, 장비도 없이 그 깊은 곳까지 숨을 참고 내려간다고? 그게 정말 가능해?"

손짓 발짓 다 섞어가며 해녀에 대한 느낌을 열거하는 그녀의 눈빛에는 진심 어린 경외심마저 서려 있었다. 거기다 투박하면서도 리드미컬한 제주 방언이 독일어보다 훨씬 매력적이라며 웃는 그녀를 보며 확신했다.

'아, 이 친구… 제대로 입덕했네!'

17년이라는 물리적 시간 차는 드라마 한 편으로 순식간에 사라졌다. 'K-드라마'라는 새로운 교감 덕에 우리는 더 이상 과거만 회상하는, 그런 노병이 아니었다. 같은 장면을 공유하고 같은 감정으로 고개를 끄덕이는, 여전히 동시대를 살아가는 단짝이었다. 비록 신체적 배터리는 예전만 못할지라도, 마음의 주파수만큼은 그 어느 때보다 선명하게 맞닿아 있음을 K-문화를 사랑하는 서로의 눈빛에서 읽어냈다.

논문과 사진 한 장 사이
——— 재회를 가장한 '인증샷' 작전

여행 짐을 싸다 문득 깨달았다. 남편의 유학 시절을 통틀어 지도교수님과 찍은 사진이 단 한 장도 없다는 사실을. 도대체 그 세월 동안 남편은 뭘 하며 살았던 걸까? 산더미 같은 논문과 교수님의 꼼꼼한 첨삭 기록은 유물처럼 모셔 두었으면서도, 정작 남겨야 할 사진 '한 장'이 없다니. 어이가 없어 헛웃음이 나왔다. 덕분에 이번 여행에는 생각지도 못한 미션이 하나 더 추가되었다. 이름하여, 재회를 가장한 '인증샷' 작전이다.

독일로 떠나기 전, 남편은 교수님께 메일을 보냈다.

"교수님, 저 갑니다."

짧은 선전포고와 함께 약속이 잡혔고, 독일 땅을 밟자마자 약속은 현실이 되었다. 그런데 정작 약속 날짜가 다가올수록 입술이 바짝 마르는 건 나였다. 만남의 주체는 분명 남편인데, 왜 이 긴장감이 내 몫이어야 하는지 모를 일이었다.

문득 과거 지도 교수님과의 미팅이 떠오른다. 당시 남편은 교수님의 조언을 어려운 숙제처럼 부여잡고 밤낮없이 머리를 싸매곤 했다. 논문을 쓰는 건 남편이었지만, 곁에서 그 고단한 시간을 지켜본 세월이 있어서일까. 이번 미팅을 앞두고도 나는 마치 그때로 돌아간 것처럼, 남편과 함께 지독한 '마음의 준비'를 하고 있었다.

약속 당일, 멀리서 교수님이 걸어오시는 모습이 보였다. 여든을 바라보는 연세가 무색하게 걸음걸이는 여전히 '청년 리듬' 그대로였다. 남편이 입버릇처럼 말하던, 복도를 울리던 그 당당한 발소리였다. 뒤이어 합류하신 사모님도 우리를 마치 오래된 이웃처럼 따뜻하게 맞아주셨다.

주문한 카레와 춘권이 차려졌지만, 식탁 공기는 예상대로 서먹했다. 17년 만의 대면이 단숨에 말랑해지기를 바라는 건 애초부터 무리였을지도 모른다. 먼저 침묵을 깬 쪽은 역시

　　　　　　　　　　　　　　사이를 걷다

교수님이셨다. 인자한 물음으로 근황을 살피시더니, 본인의 연구 성과와 남편의 연구 상황을 세심하게 짚어주셨다. 이어 자녀 이야기와 인공지능과 같은 최신 주제가 오가자 딱딱하게 굳어있던 분위기에도 점차 온기가 감돌기 시작했다.

그때였다. 교수님이 내게 질문 하나를 툭 던지셨다. 예전에도 초대 자리에서 갑작스레 내 논문에 대한 질문을 던져 머릿속을 하얗게 만드시더니, 이번에도 어김없이 '기습 질문'을 던진 것이다. 날아온 공을 제대로 받아쳐도 모자랄 판에, 질문 의도조차 파악되지 않으니 난감하기만 했다. 이 상황을 어떻게든 모면해 보고자, 간절하다 못해 애처로운 눈빛으로 남편을 바라보았다. 독일어라면 나보다 한 수 위인 그가 멋지게 수습해 주길 바라면서 말이다. 하지만 남편은 어느 때보다 더 해맑고 당당한 표정으로 내게 속삭였다.

"나도 몰라."

그 뻔뻔한 고백이 어찌나 황당한지 나도 모르게 피식 웃음이 나왔다. 이 상황을 빨리 이해하신 교수님은 소탈한 웃음으로 화답하며 다른 화제로 넘어가 주셨다. 나의 든든한 '전용

통역기'가 고장 난 건 분명했지만, 역설적으로 그 고장 덕분에 분위기는 한결 더 부드러워졌다.

식사가 끝날 무렵, 마음속 미션을 잊지 않고 있던 남편이 조심스레 입을 열었다.

"교수님, 저희 사진 한 장 같이 찍어도 될까요?"
셔터 소리와 함께 미션은 성공적으로 마무리되었다. 드디어 교수님의 인자한 미소와 남편의 진심 어린 표정이 한 프레임 안에 담겼다.

미션은 사진 한 장으로 마무리되었지만, 그 안에는 훨씬 깊은 뜻이 숨어 있었다. 교수님의 가르침 덕분에 남편의 삶이, 그리고 우리 부부의 인생이 한 뼘 더 단단해졌음을 고백하는 작고도 경건한 의식이었고, 남편의 가장 치열했던 청춘을 묵묵히 지켜봐 준 스승을 향한 뒤늦은 감사의 기록이기도 했다.

이제 가족 앨범의 한 페이지에는 교수님의 인자한 미소가 소중한 기록으로 남게 되었다. 사진 속 그 온화한 시선은 우리가 가야 할 길을 묵묵히 일러주는 이정표가 되어줄 것이다. 그 깊은

뜻을 마음에 담고 스스로를 담금질하며, 흔들림 없이 우리만의
속도로 생의 다음 장을 채워 가려 한다.

조바심과 기다림 사이
──── 놀이의 철학을 배우다

아이들이 다녔던 유치원에 가보고 싶었다. 엄마와 보낸 시간보다 더 많은 시간을 보냈던 곳, 바쁜 엄마를 대신해 든든하게 아이들을 품어주던, 그 고마운 곳을 그냥 지나칠 수 없어 발걸음이 그곳으로 향했다. 유치원에 도착해 조심스레 문손잡이를 돌려보았다. 하지만 역시나 문은 단단히 잠겨 있었다. 아이들의 안전을 이유로 안에서 문을 잠가두는 규칙에 오늘도 충실한 것이다. 그런데 오늘따라 유난히 조용했다.

'아, 방학인가?'

괜히 헛걸음했나 싶은 마음이 스멀스멀 올라왔다.
발길을 돌리려는 순간, 원장실 스탠드 불빛이 켜져 있는 것이 눈에 띄었다. 그렇다면 아직 희망을 버릴 때는 아닐 듯. 다시 문고리를 잡아당겨 보지만 안에서는 여전히 아무런 인기척도 느껴지지 않았다. 한 단계 업그레이드하여 유리문에 얼굴을 바짝 붙이고 손을 흔들어 보았다. 그때였다. 복도 깊숙한 곳에서 그림자 하나가 움직였다. 점점 가까이 다가오다 내 눈과 마주친 한 사람, 바로 예전의 원장님이었다. 그녀는 놀란 토끼처럼 눈을 동그랗게 뜨더니 두 손을 번쩍 들었다. 그 표정이 마치 '귀신'이라도 본 것처럼. 나는 손가락으로 나를 가리키며 "나예요, 나!"하며 웃어버렸다. 잠시 후, 문이 열렸다.

"혹시 기억나세요? 한국에서 온 ○○ 엄마인데."
"그럼요! 기억나요, 기억나!"

한국 학생이 드물어서 그랬을 것이다. 그녀의 기억 속에 아직도 아이들이 존재감 있게 살아있었다. 그녀의 목소리와 손짓은 세월이 흘렀는데도 크게 달라지지 않았다. 머리칼에 시간의 흔적이 쌓였을 뿐, 웃을 때 생기는 주름진 눈가의 웃음은 여전히 따뜻했다. 그 친숙한 반응에 마음이 풀렸고 그녀에게 오늘 유치원을 들른 목적을 말했다. 아이들이 생활했던 흔적을 다시 보고 싶다고. 그녀는 "그럼요!" 하고 흔쾌히 허락해 주었다.

그녀의 안내를 따라 아이들이 머물던 교실에 들어섰다. 꼭 시간이 멈춘 것처럼 나무 냄새, 벽을 채운 색색의 그림들, 모서리가 닳은 장난감들, 복도 한 켠에 줄지어 세워진 작은 사물함까지, 예전과 크게 달라지지 않은 모습이었다. 사람만 바뀌었을 뿐, 공간은 여전히 아이들의 하루를 그렇게 품고 있었다. 나는 아이 사물함이 있었던 부분의 문고리를 살짝 만져보았다. 작은 문고리에 얽힌 기억이 손끝에서 되살아났다.

독일어를 한마디도 못 하는 큰아이를 유치원에 떼어놓던 첫날부터, 엄마와 떨어지지 않으려 울며 매달리던 작은아이와 씨름하던 순간들이 주마등처럼 스쳐 지나갔다. 이른 아침부터 오후 늦게까지, 우리 아이들이 마지막 퇴원생이 될 때까지 그 곁을 지켜주던 유치원을 어찌 잊겠는가. 돌이켜보면, 내가 과제와 발표 준비로 정신없이 뛰어다니던 시간 동안, 아이들은 가장 든든한 보호자 곁에서 안정적으로 자라고 있었다.

그런 유치원 생활 속에서 놀랐던 건 두 가지다.

첫째, 아이들이 거의 야생 모드로 자란다는 것이다.
바람이 불든 눈이 오든, 혹은 비가 여린 뺨을 거세게 내리치든

　　　　　　　　　　　　　사이를 걷다

아랑곳하지 않는다. 아이들은 하루 두 번, 어김없이 바깥 놀이를 나간다. 사물함에 비옷과 흙 묻은 장화를 늘 비치하는 이유도 그 때문이다. 예외란 없다. 대신 감기에 걸린 아이는 등원시키지 않는 것이 이곳의 철칙이다. 내 아이의 체력을 지키면서 타인의 건강까지 배려하는 것, 그것이 이곳 사람들이 공유하는 흔들림 없는 상식이다.

둘째, '조기교육'이란 단어는 금기어다.

알파벳 떼기, 영어 선행, 사칙연산 공부 등등. 이곳에 그런 단어들이 설 자리는 없다. 멋모르고 이런 학습을 기대했다간 별나라에서 온 사람처럼 보일 뿐이다. 실제로 초등학교 입학을 코앞에 두고 조바심을 내는 내게, 유치원 선생님은 도리어 의아하다는 듯 이렇게 말했다.

"배움은 학교에서 시작해도 충분해요. 유치원은 '재미'를 배우는 곳이에요."

처음엔 속으로 믿지 않았다.

'잠깐… 이러다 뒤처지면 뒷감당을 누가 하라고?'

그런데 시간이 흐르니 그 말의 의미를 체감할 수 있었다. 아이들은 유치원에서 공부보다 먼저 '재미'를 배웠고, 거기서 배운 재미를 학교에서 배움의 연료로 삼았다. 선행 없는 덕분에 엄마는 맘 편히 아이들의 성장을 지켜볼 수 있었고, 아이들은 선행 스트레스 없이 온몸으로 학교생활을 즐기며 건강하게 성장할 수 있었다.

교실 순례를 마치고 나오기 전, 원장님께 양해를 구하고 아이들이 드나들던 교실을 사진으로 남겼다. 아이들이 그 사진을 보며 햇살처럼 따뜻했던 기억을 되새기길 기대하면서 말이다.

한숨과 나눔 사이

———— 밥 한끼, 위로가 되다

유치원을 나와 버스 정류장으로 향하던 참이었다. 그 길에 문득 낯익은 공터 하나가 눈에 들어왔다. 예전엔 발자국이 뒤엉킬 만큼 북적이던 기숙사 공터인데, 지금은 나지막한 풀만 바람결에 조용히 흔들리고 있었다. 그런데 그 바람 사이로 희미하게 익숙한 소리가 들리는 듯했다. 깔깔거리던 웃음이 어딘가에 숨어 있다가 "왔구나" 하고 반기는 기분이랄까. 잠시 잊고 있던 장면들이 바람결을 타고 조용히 되살아나기 시작했다.

유학생들은 어수선하면서도 어딘가가 닮았다. 고향도, 출신 학교도, 경제 사정도 모두 제각각이지만 막상 부딪히는 일들은 비슷했기 때문이다. 언어는 수시로 막히고, 수업은 따라가기에 버겁고, 생활은 늘 빠듯했다. 그래서일까, 누군가 깊은 한숨을 내뱉으면 옆 사람도 약속이라도 한 듯 한숨을 보태곤 했다. 그러다 누군가 "밥 먹자"며 정적을 깨면, 그 소리에 홀린 듯 다 함께 털고 일어났다. 그 짧은 한마디는 외로운 타국 생활에 지친 이들을 불러 모으는 마법의 주문이었다. 이 따스한 '밥상 작전'은 특히 시린 겨울에 빛을 발했다.

독일인들에게 크리스마스는 한국의 명절만큼이나 가족들로 북적이는 시간이다. 하지만 2주간의 크리스마스 방학이 시작되어 현지 학생들이 썰물처럼 빠져나가고 나면, 덩그러니 남겨진 유학생들을 맞이하는 건 지독한 고독뿐이었다. 복도의 등불은 변함없이 자리를 지키고 있으나 인기척은 온데간데없고, 창을 때리는 매서운 바람 소리만이 쓸쓸한 마음을 속절없이 휘감았다. 그 어디에도 소속되지 못한 이들에게 독일의 겨울밤은 유독 길고도 시렸다.

물론 그렇다고 마냥 처져 있지는 않았다. 누군가 고향에서 온 포장 김치를 꺼내면, 옆방에선 "잠깐, 나도 뭐 있어!" 하며 아껴둔 김 한 톳을 보탰고, 또 누군가는 유통기한이 임박한 라면을 들고 나왔다. 그렇게 차려진 기숙사의 식탁은 맛보다 감동이 먼저였다. 김치 한 조각에 마음이 울컥하고, 라면 한

    사이를 걷다

가닥에 눈시울이 붉어졌다. 그 소박한 나눔이 유학생의 시린 옆구리를 따스하게 채워주었고, 덕분에 우리의 겨울은 조금 덜 춥고, 덜 외로웠다.

계절이 바뀌고 해가 길어지면 모임 장소도 바뀌었다. 기숙사 앞 공터, 그곳에서 우리는 조금 더 낭만적인 시간을 보냈다. 즉석 그릴 파티를 위한 준비물은 샐러드 한 접시와 독일식 김밥 몇 줄, 그리고 알디에서 사 온 소시지 몇 개면 충분했다. 소시지가 익어가는 연기 속으로 웃음꽃이 피어오르면, 지독한 학업 스트레스도, 생활고에 대한 염려와 걱정도 연기처럼 잠시나마 흩어지곤 했다.

17년이 훌쩍 흐른 지금, 그 시절의 해방구였던 기숙사 공터는 아무 일 없었다는 듯 고요하기만 하다. 하지만 내 눈엔 여전히 그곳에서 소시지를 구우며 함께 웃던 청춘들의 모습이 선하다. 오고 가며 안부를 묻던 눈빛들, 된장찌개 하나에 세상을 다 얻은 듯 행복해하던 얼굴들. 그 시간은 분명 고단했으나, 돌이켜보니 눈이 시릴 만큼 따뜻했다.

이제 다들 고국에 돌아와 각자의 자리에서 자기 몫을 다하며 살아가고 있을 것이다. 연락은 많이 끊겼어도 마음속 자리까지 비워낸 건 아니어서 가끔 코끝에 찬바람이 스칠 때면, 저 멀리 흩어진 그들에게 조용히 안부를 건네본다.

"다들 잘 지내고 있죠?"

침묵과 평온 사이

일요일 아침, 도심의 고요함을 깨는 교회 종소리가 묵직하게 울려 퍼졌다. 문득 예전에 다니던 교회가 떠올랐다. 하지만 발걸음이 쉽게 떨어지지 않았다. 거리도 문제지만, 익숙했던 얼굴들이 오히려 낯설게 느껴질까 봐 선뜻 용기가 나지 않았다. 17년이라는 긴 공백을 안고 그들 앞에 서는 일은 생각보다 무거운 부담으로 느껴졌다. 그런 부담을 덜어내고자 숙소 근처의 작은 교회에 가보기로 했다. 그런데 우연인지 운명인지, 예전 그 교회가 예배처를 이곳으로 옮겨온 게 아닌가. 이쯤 되면 이건 피해야 할 과거가 아니라, 기꺼이 받아들여야 할 인연이었다.

예배당 문을 열자, 스테인드글라스를 통과한 오색 빛이 낡은 나무 의자들 사이로 스며들며 따뜻한 온기를 자아냈다. 자리에 앉아 주위를 둘러보니 대부분 낯선 얼굴들뿐이다. 그런데 한쪽 구석에서 유독 익숙한 실루엣 하나가 눈에 띄었다. 바로 클라우스였다. 그의 굽은 등 위에는 세월조차 피하지 못한 삶의 흔적이 켜켜이 쌓여 있었다.

유학 시절 서로의 집을 오가며 식사를 나누던 클라우스와는 귀국 후에도 이메일로 안부를 주고받으며 그 시절의 돈독한 인연을 이어왔었다. 하지만 어느 날부터인가 그의 답장은 멈추었고, 스무 살 연상인 그의 안부는 늘 내 마음 한구석에 무거운 부채감으로 남아 있었다. 그러던 참에 그와의 조우로 반가움을 넘어 마음의 짐을 비로소 내려놓을 수 있었다. 나는 한달음에 그 앞으로 달려 나갔고, 사람들 속에서 나를 발견한 그는 걸음을 멈추고 안경을 벗었다가 다시 고쳐 쓰고 있었다. 아마도 눈앞의 장면이 현실인지, 아니면 오래된 기억인지 가늠하려는 듯한 몸짓이었다. 잠시 후, 굳어 있던 그의 얼굴에 환한 미소가 번졌다. 그제야 우리가 같은 공간에 있다는 사실을 깨달은 듯, 그는 한없이 반가운 얼굴로 다가왔다.

"정말 오랜만이군요! 이렇게 다시 만날 줄이야!"

　재회의 전율이 그의 주름진 얼굴에 고스란히 내려앉았다. 그는 못다 한 이야기가 많다며, 우리 부부를 자신의 집으로 초대했다. 헤어져 있던 세월만큼이나 쌓인 이야기보따리를 풀기에 교회 안은 너무 좁고 소란스러웠던 게다. 우리는 설레는 마음으로 그가 알려준 주택가로 향했다. 낯선 거리였지만 그를 다시 만난다는 생각에 발걸음은 가벼웠다.

　벨을 누르자, 이내 문이 열리고 클라우스가 반가운 얼굴로 맞았다. 그의 안내를 따라 들어선 거실 테이블 위에는 이미 찻잔 세 개가 나란히 놓여 있었다. 우리가 도착할 시간을 계산이라도 한 듯, 거실 가득 퍼진 커피 향이 우리 부부를 따스하게 감싸 안았다.

"집이 너무 조용하죠?"

그가 가볍게 농담을 던졌다.

"가끔은 냄비 끓는 소리가 사람 목소리처럼 들릴 때가 있다니까요."

가볍게 받아넘기기엔 그 말에 실린 고독의 무게가 너무 무거워 마음까지 묵직해졌다. 한때 그는 뜨거운 에너지로 대학 강단을 휘어잡던 강사였다. 분주함이 곧 생존의 증거였던 그였지만, 이제 고요한 집을 홀로 지키는 파수꾼이 되어 있었다. 대화가 깊어 갈 무렵, 그는 최근 암 진단을 받았다는 사실을, 마치 남 이야기하듯 덤덤하게 꺼내놓았다. 그래서 요즘은 인터넷도, 사람들과의 관계도 하나둘 정리하는 중이라고 했다. 그는 찻잔 속에 일렁이는 빛의 잔영을 가만히 응시하다가, 이내 나직한 목소리로 덧붙였다.

"수술은 하지 않을 겁니다. 지금 이 평화로운 리듬도 나쁘지 않거든요."

선언과도 같은 그 한마디에 위로할 말을 찾았지만, 끝내 적절한 단어를 찾아내지 못했다. 담담한 말투 너머로 그가 견뎌온 고독의 무게가 고스란히 전해져 가슴 한편이 아려올 뿐이었다. 혹여 나의 서툰 위로가 그가 지켜온 평온과 평정을 깨뜨릴까 봐, 차마 입을 떼지 못한 채 식어가는 커피잔만 만지작거렸다. 그런 나를 대신해, 거실 깊숙이 스며든 오후의 햇살만이 그의 굽은 어깨를 가만히 다독여주는 듯했다.

 사이를 걷다

사실, 오늘 그를 만나면 왜 그토록 메일함이 잠잠했느냐고, 서운함을 조금 섞어 묻고 싶었던 참이었지만 이제야 그 긴 침묵의 이유를 알 것 같았다. 그는 홀로 병마와 고독을 마주하며 삶을 정돈하고 있었던 것이다.

집을 나설 무렵, 그는 머그잔을 든 채 문가에 기대어 환하게 웃어 보였다.

"다음에 또 들러요. 오늘보다 더 맛있는 커피로 대접할게요."

무거워질 수 있는 이별의 순간을 농담 한마디로 가볍게 바꾸는 그 마음이 되레 고마웠다. 골목 끝에서 뒤를 돌아보니 그는 여전히 그 자리에 서서 손을 흔들고 있었다. 마치 우리의 뒷모습이 시야에서 완전히 사라질 때까지 그 자리를 지켜주겠다는 듯이…

골목을 돌아 나오며 문득 그런 생각이 들었다. 세월이 아무리 무심하게 흘러도, 어떤 인연은 제자리에 남아 우리를 기다리고 있었던 게 아닐까 하는.

철학과 저녁 메뉴 사이
———— 다시 걷는 포레스트 바움

산책이라는 단어를 떠올리면 바로 칸트가 연상된다. 매일 같은 시간에 같은 길을 걸으며 주변 이웃들에게 시간을 알려주던 그 시대의 '인간 알람', 칸트. 예전에는 그저 특이한 철학자의 고집스러운 루틴 정도로만 생각했던 산책이, 요즘 들어서는 '평화로운 일상'을 지켜내기 위한 리듬으로 여겨진다. 복잡한 생각을 정리하기엔 걷는 것만큼 정직한 방법도 없으니까 말이다.

독일 키일(Kiel)은 산책로가 유독 많은 도시다. 이곳을 거쳐 간 유학생들이 이구동성으로 "산책로는 키일이 최고"라고 치켜세울 정도다. 도심 곳곳이 호수나 바다와 맞닿아 있어, 설령 길을 잘못 들더라도 그 끝에서 뜻밖의 아름다운 풍경을 마주하는 일이 흔하기 때문이다. 그 수많은 산책로 중에 내가 가장 아끼는 곳은 '포레스트 바움(Forst Baum)'이다. '나무숲'이라는 이름처럼 단순하고 담백한 매력을 품은 길이다.

울창한 너도밤나무가 빽빽이 들어선 숲길을 한 시간쯤 걷다 보면, 숲이 끝나는 지점에서 시야가 일순간 환하게 터진다. 마치 다른 세상으로 들어선 듯, 울창한 초록의 끝에는 시원하게 뻗은 잔디밭이, 그리고 그 너머로는 아득한 수평선이 펼쳐진다. 그 압도적인 개방감은 엽서 속 사진이 무색하리만큼 완벽하다.

이 숲길의 또 다른 매력은 계절마다 달라지는 표정에 있다. 여름엔 잎사귀 사이로 스며드는 햇살이 부드럽고, 가을엔 발 아래 낙엽이 사각거리며 기분 좋은 리듬을 만들어낸다. 공기 또한 그날그날 다르다. 어떤 날은 상쾌하고, 어떤 날은 더 상쾌하고, 또 어떤 날은 '이 정도면 조금 과한 거 아닌가?' 싶을 만큼 상쾌하다. 여름 숲이면 어김없이 날아들 법한 날파리 한 마리도 눈에 띄지 않는다. 이 계절에 이만한 산책로가 또 있을까 싶을 정도다. 칸트가 만약에 이 길을 걸었다면 철학적 고뇌 대신 휘파람을 불었을지도 모를 일이다.

물론 이 숲에는 아이들을 위한 특별한 선물도 숨겨져 있다.

그저 조금만 걷다 보면 불쑥 놀이터가 나오고, 다시 조금만 더 걸어 들어가면 햇빛에 반짝이는 작은 시내가 등장한다. 놀이터가 시야에 들어오면 한 아이는 그네로, 다른 아이는 미끄럼틀 꼭대기에 올라가 내려갈 타이밍을 재느라 분주했다. 시냇가로 자리를 옮기면 물가에 앉아 조심스레 나뭇잎 배를 띄우다가도, 결국엔 양말을 벗어 던지고 발을 담그고야 마는, 늘 정해진 수순을 밟았다. 겨울이라고 예외는 아니다. 경사진 언덕은 천연 눈썰매장으로 변신한다. 그 덕분에 이곳은 사계절 내내 아이들의 웃음소리가 끊이지 않는다. 그렇게 아이들의 뒤를 좇으며 쉬엄쉬엄 걷다 보면 산책은, 부모에게는 평온한 안식의 시간으로, 아이들에게는 짜릿한 모험 코스로 변해 있었다.

그 시절엔 이 길이 끝도 없이 긴 줄로만 알았다. 하지만 다시 찾아온 이 길은 내 기억 속보다 훨씬 짧았다. 나이가 든 탓일까, 아니면 어린아이들의 느릿한 보폭에 맞추어 걷던 기억 때문일까. 아마 그때는 나의 시선도 아이들의 키만큼이나 낮았기에, 세상 모든 것이 지금보다 훨씬 크고 넓어 보였던 모양이다.

사이를 걷다

포레스트 바움에선 사람 구경하는 재미도 쏠쏠하다. 철봉에 매달려 체력을 테스트하는 부모, 가부좌를 튼 채 명상에 잠긴 요가 수행자, 심지어 더블베이스를 끌고 와 '나 홀로 콘서트'를 여는 중년 신사까지. 이런 장면들이 이곳에선 이상하리만치 자연스럽다. 숲의 넉넉한 포용력 때문인지 웬만한 풍경은 다 '그럴 수도 있지' 하며 너그럽게 접수되는 것이다.

한참을 걷다 보니 이 길을 걸으며 했던 옛 고민이 하나둘 떠오른다. 아이들에게 더 넉넉한 시간을 내주지 못해 미안했던 마음, 당장이라도 포기하고 싶을 만큼 버거웠던 학업의 무게, 그리고 낯선 땅에서 이방인으로 겪었던 지독한 외로움까지. 그 시절의 시린 감정들을 이 숲길을 걸으며 조금씩 갈무리하곤 했다.

위대한 철학자라면 이 길을 걸으며 우주의 심오한 이치를 고뇌했겠지만, 17년 만에 다시 숲을 찾은 내 머릿속은 당장 오늘 저녁 메뉴와 내일의 날씨 같은 소박한 걱정으로 한가득이다. 따지고 보면 산책의 본질은 크게 다르지 않을지도 모르겠다. 누군가는 거창한 진리를, 누군가는 눈앞의 현실을 고민할 뿐, 머릿속을 어지럽히는 생각의 타래를 저마다의 방식으로

정리한다는 점에서는 매한가지라는 기분 좋은 합리화를
해본다.

결국 산책이란 삶의 무게가 무엇이든 그것을 비워내고 마음을
가볍게 만드는, 우리 모두의 작고 소중한 의식이 아닐까 싶다.

사이를 걷다

김치와 우정 사이

─────── 둔야의 선언, '스승님은 필요 없어'

독일 사람 하면 흔히 떠올리는 건 딱딱한 표정, 철저한 준법 의식, 그리고 찔러도 피 한 방울 안 나올 것 같은 냉철함 등이다. 특히 북독일의 경우 이런 이미지는 더욱 강하다.

그런데 둔야는 이 모든 공식에서 예외다. 아니, 예외 정도가 아니라 아예 다른 종(種) 같다. 지정학적으로는 분명 북독일 사람이지만, '정말 독일 사람이 맞나' 싶을 만큼 개방적이고 유머러스하며 따뜻하다. 게다가 엉뚱할 만큼 호기심까지 넘쳐난다. 그녀만의 이 특별한 결 덕분에 외국인인 나에게 그토록 쉽게 마음을 열었는지도 모르겠다. 그녀 스스로도 이런 자신의 성정을 잘 알고 있다는 듯 입버릇처럼 이렇게 말하곤 했다.

"나는 외국 문화에 너무너무 관심이 많아."

말만 그런 게 아니다. 둔야는 한국 드라마에 푹 빠진 것은 물론이고, 김치가 주는 매력에도 흠뻑 빠져 있었다. 원래도 김치에 관심을 보였는데, 이제는 그 정도가 더 깊어졌다. 아시안 가게에서 포장 김치를 사는 게 아니라, 아예 젓국을 사서 직접 담가 먹는 수준이다. 그런 둔야가 나에게 이런 다짐을 받아낸다.

"나 진짜 제대로 된 김치 담그는 법을 알고 싶어. 가기 전에 꼭! 꼭! 알려줘야 해!"

현재 둔야의 김치 실력은 김치 샐러드와 겉절이 사이의 어딘가에 머물러 있다. 본인은 그것을 익혀 먹으며 나름대로 자족하며 지내왔던 터. 그러다 나와의 재회를 계기로 마음속 깊이 잠들었던 '업그레이드 욕구'가 기어이 깨어난 모양이다. 그녀의 기세는 '이왕 한국인을 만난 김에 제대로 된 김치를 배우고야 말겠다'는 듯, 뜨겁게 타오르고 있었다.

그녀의 야심 찬 계획은 출국 이틀 전, 갑작스러운 초대와 함께 드러났다. 출국 준비와 마무리로 시간은 빠듯했지만,

    사이를 걷다

“오늘 아니면 안 돼”라고 외치는 듯한 그녀의 간절한 눈빛 앞에선 결국 항복할 수밖에 없었다. 출국을 코앞에 두고 둔야의 주방에서 뜻밖의 김치 클래스를 열게 될 줄이야.

저녁 약속 시각에 맞춰 그녀의 집에 도착하자, 현관문이 활짝 열리면서 반가운 환영 인사가 쏟아졌다. 그런데 집 안으로 한 걸음 들어서는 순간, 코끝을 스친 건 의외의 향이었다. 독일식 소시지도, 독일 향신료 향도 아니었다. 정확히 김치찌개 냄새였다.

‘설마…?’

식탁 위에는 김치찌개 한 솥이 덩그란히 올려져 있는 것이 아닌가! 그것도 돼지고기를 아낌없이 썰어넣은, 제대로 된 김치찌개 한 솥이었다. 놀란 눈으로 둔야를 바라보자, 그녀는 장난기 가득한 표정으로 내 반응을 즐기고 있었다.

‘그래, 뭐… 냄새는 비슷할 수 있지. 하지만 맛까지 같을 리는 없겠지’하는 마음으로 한 숟가락 떠 입에 넣었다. 그런데 한입 들어가자마자 감탄이 절로 튀어나왔다.

“이건… 독일식 김치찌개가 아니네. 진짜 한국 김치찌개 맛이야!”

그러자 둔야는 기다렸다는 듯이, 아주 당당하고 환한 미소를 지어 보이며 이렇게 말했다.

“내가 직접 담근 김치로 만든 거야! 이제 더이상 스승님은 필요 없어!”

나는 허탈하게 웃었다.

“그래 놓고 왜 날 불렀어?”

그녀는 눈을 찡긋하며 말했다.

“음… 인증 받고 싶었지!”

정말이지 이 친구, 김치의 세계를 속성으로 스스로 마스터한 우등생이 분명했다. 한국인인 내 입맛에도 어색함이 없을 만큼 기대 이상의 깊은 맛이 느껴졌다.

사이를 걷다

그렇게 김치 인증을 끝내고 식탁에 마주 앉아 해변에서 못 나눈 이야기를 풀어냈다. 둔야는 솔직했다.

"처음엔 네가… 그냥 타국에서 온 친절한 유학생 정도로만 생각했어. 하지만 지금은 네가 참좋은 사람으로 느껴져. 넌 정말 내 친구야. 동갑내기 진짜 친구."

나는 자연스럽게 고개를 끄덕이며 이렇게 대답했다.

"그래. 둔야, 넌 내 '김치 친구'야."

그러자 둔야가 깔깔 웃었다.

"김치 친구? 완전 영광인데?"

식사가 끝나고 내일의 여정을 위해 헤어져야 할 시간이 되었다. 함께했던 과거의 7년보다, 스치듯 지나간 이 2주간의 재회가 우리에겐 왠지 더욱 각별하고 애틋했다.

작별의 포옹을 나눌 때, 둔야의 따스한 체온이 내게 고스란히 전해졌다. 그 온기 속에는 헤어짐의 아쉬움과 기약 없는 재회에 대한 막연한 약속들이 뒤섞여 있었다. 아마 우리가 다시 얼굴을 마주할 날을 기대하기는 쉽지 않을 것이다. 하지만 전혀 낙담할 이유는 없다. 우리에겐 물리적 거리를 지워줄 문명의 이기, 문자와 영상통화, 그리고 표정을 대신할 이모티콘이 있으니까.

아마 머지않은 어느 날, 둔야는 그 문명의 힘을 빌려 또다시 엉뚱하고도 당당한 요구를 보내올 것이다.

"경자, 김장김치 담그는 법 알려줘!"

그 메시지를 보는 순간, 아마 나는 된장을 끓이며 그녀의 웃음을 떠올릴 것이다. 북독일의 차가운 공기 속에서도, 김치 냄새만큼의 찐한 우정이 있다는 걸 기억하면서.

    사이를 걷다

지퍼 소리와 초인종 사이

_______ 사과잼과 마음을 받다

'막바지다'는 말이 딱 어울리는 마지막 날 저녁이다. 손은 쉴 새 없이 움직이는데 짐은 좀처럼 정리되지 않는다. 지인들에게 줄 선물들은 캐리어 안팎을 오가다 이미 여기저기 눌리고 구겨져 있다. '이걸 그대로 내밀어도 될까' 하는 민망함이 앞설 정도다.

분명 올 때보다 가볍게 돌아가겠노라 다짐했건만, 짐은 줄어들 기미가 보이지 않는다. 이유는 뻔했다. 현지에서 느낀 여운을 어떻게든 붙잡아두고 싶은 미련 때문이다. 적당히 즐기고 멈춰야 하는데, 눈에 밟히는 것들을 하나둘 담다 보니 결국 사달이 난 것이다. 여기에 가족과 지인들을 챙기는 특유의 '정(情)'까지 가세하니 상황은 더 속수무책이다.

넣고 빼기를 반복하며 캐리어 지퍼와 한참 실랑이를 벌이던 그때였다. 갑자기 초인종이 울렸다. 더 올 사람도, 찾아올 이유도 없는 시각이었다. 의아한 마음으로 조심스레 문을 여니 문 앞에 숙소 주인이 서 있는 것이 아닌가. 다소 머쓱한 표정을 지은 그의 두 손에 작은 유리병 하나가 들려진 채로.

그는 이제 막 에어비앤비 세계에 뛰어든 '뉴비' 사업가이다. 낡은 방 10개를 하나씩 고쳐 나가는 중인데, 내가 묵은 방이 그가 완성한 대망의 1호실이자, 내가 그 방의 두 번째 손님이란다. 사업 초반의 뜨거운 열정과 평판을 지키려는 팽팽한 긴장감 때문인지 여행 내내 그는 마치 성능 좋은 AI처럼 묵묵히 제 역할을 다했다.

계단이나 정원을 오가다 마주치면 "불편함은 없으세요?" 하고 건네는 짧은 한마디에도 머무는 이를 세세히 살피는 마음이 자연스럽게 묻어났다. 가끔 숙소에 들러 불편한 점은 없는지 살폈고, 물건 하나라도 불편해 보이면 그 자리에서 바로 손을 보거나 새것으로 바꿔 주었다. 겉모습은 말수가 적고 다소 무뚝뚝해 보였지만, 손님을 대하는 태도만큼은 세심하고 따뜻했다. 과한 친절로 부담을 주는 법도 없었다. 그 덕분에

사이를 걷다

이곳은 단순한 여행 숙소를 넘어 일상이 자연스럽게 이어지는, 내 집 같은 아늑함이 느껴졌던 게 사실이다.

무엇보다 가장 든든했던 건 그가 1층에 상주한다는 사실이다. 무슨 일만 생기면 슬리퍼만 끌고 내려가도 구원군을 만날 수 있다는 안도감. 그 든든함이 머무는 내내 내 마음을 꽤 편하게 해주었다.

지내다 보니 숙소의 위치도 여행객의 입장에서는 딱이었다. 역에서 도보로 20분 남짓, 시내 중심까지도 두 다리만 성하면 천천히 걸어도 충분히 닿을 수 있는 거리였다. 이동이 번거롭지 않으니 하루 동선이 쉽게 정리된다고나 할까.

숙소 내부도 흠잡을 데 없었지만, 사실 이 집의 진짜 승부수는 따로 있었다. 바로 낭만이다. 겉보기엔 지극히 평범한 연립주택인데, 정원 한 모퉁이에 심긴 사과나무 한 그루가 이 집의 급(Grade)을 완전히 바꿔놓았다. 무미건조한 풍경에 사과나무가 가세하자 평범한 숙소는 영화 세트장 못지않은 공간으로 변신했다. 특히, 부엌 창가에 서서 차 한잔 마시며 멍하니 밖을 내다볼 때가 백미였다. 바람결에 매달린 사과가 흔들거리고, 그 아래로 짙은 초록색 그림자가 느릿하게 일렁이는 것을 보고 있노라면 마음까지 평안해졌다. 불멍, 물멍 다 해봤지만 이 집에서 경험한 '사과나무 멍'은 꽤 중독적이었다.

그렇게 정들었던 풍경을 뒤로하고, 떠날 채비를 하느라 한창 바쁜 타이밍에 주인이 불쑥 모습을 드러낸 것이다.

"제가 직접 만든 사과잼이예요."

순간 기분 좋은 웃음이 터져 나왔다. 투박하고 커다란 두 손 위에 조심스레 놓인 자그마한 잼병 하나. 잼병을 받아드는 순간, 불 앞에 서서 긴 시간 잼을 저어냈을 그의 수고가 떠올라 코끝이 살짝 찡해졌다. 그 병 속에 담긴 것은 달콤한 사과잼뿐만이 아니었다. 지난 2주간, 머무는 이의 불편함을 말없이 살피던 세심함, 매일 아침 정원을 가꾸던 성실함, 그리고 낯선 이에게 대가 없이 건네는 조용한 호의까지. 그 투명한 병 안에는 그의 마음들이 그렇게 빈틈없이 꽉 채워져 있었다. 그는 쑥스러운 듯 뒷머리를 긁적이며, 이 말을 덧붙였다.

사이를 걷다

"다음에 오면 꼭 연락 주세요. 더 멋진 방으로 준비할게요."

그 말이 의례적인 예의인지, 진심인지 알 순 없지만 적어도 표정만큼은 진심 같아 보였다. 짧지만 고마운 인연. 여행이란 결국 사람과 장소의 조화로 남는 것 같다.

청춘과 위로 사이
──────── 마지막 밤의 커피 한 잔

짐 싸기라는 거대한 프로젝트를 완수하고, 주인장과의 예기치 못한 깜짝 미팅까지 치르고 나니 비로소 온몸의 감각이 하나의 결론으로 모이는 듯했다. 지금 내게 필요한 건 작별의 눈물도, 여운을 즐기는 것도 아니었다. 딱 하나, 바로 진한 커피 한 잔이 간절했다. 거기에 여행 기간 카페 문턱을 넘지 않았다는 자각까지 들면서 잠들었던 '커피 본능'이 무섭게 요동쳤다.

사람들은 나를 '커피숍 탐험가'라 부른다. '호들갑스럽다'고 여길지 모르지만, 내게 이 수식어는 엄연한 사실이자 기분 좋은 자부심이다. 머릿속엔 동네 골목마다 숨은 카페들의 좌표가 내비게이션 화면처럼 정밀하게 그려져 있고, 문을 열고 들어설 때 느껴지는 공기만으로도 그곳의 사업 성패를 가늠할 정도의 촉이 발달해 있다. 또 어딘가 개업 소식이 들리면 일단

사이를 걷다

발을 들여야 직성이 풀린다. 이런 탐험 끝에 보물 같은 장소를 찾아내면, 그곳은 나만의 비밀스러운 아지트로 거듭난다.

사실 내가 탐닉하는 건 원두의 예민한 산미나 묵직한 바디감이 아닌 카페라는 공간이 주는, '타인 속의 여유', 그리고 누구에게도 간섭받지 않는 '익명의 자유'다. 집이라는 안락한 공간에서는 결코 맛볼 수 없는 적당한 소음과 무심한 시선들. 그 낯선 자극들은 역설적으로 나를 가장 깊은 몰입의 세계로 이끌기도 한다. 주문을 마치고 마음에 드는 자리를 골라 앉는 그 순간, 세상의 소란으로부터 한 발짝 물러나 나만의 시간에 깊이 침잠하는 마법이 시작되는 것이다. 이것이 내게는 가장 큰 즐거움이자 더할 나위 없는 휴식이다.

결국 나에게 카페는 단순히 커피를 마시는 장소가 아니다. 일상의 의무를 잠시 내려놓은 채 지독한 여유와 경계 없는 자유를 만끽하는 곳이자, 흐트러진 마음을 다시 세우는 나만의 안식처인 셈이다.

그런 내가 독일의 커피숍 탐방을 마다할 리 없다. 낯선 이국땅에서 만나는 카페는 어떤 공기인지, 독일 커피숍이 주는 여유와 자유는 또 어떤 색깔일지 직접 확인해 보고 싶었다. 그런데 그 소박한 바람을 출국 하루 전날까지도 채우지 못했다. 일정이 숨 가쁘게 빡빡했던 것도 아니었다. 오히려 발길 닿는 곳마다 매력적인 카페들이 즐비했고, 그 앞을 수차례 지나치며 눈도장을 찍었던 게 사실이다.

문제는 '언제든 갈 수 있다'는 근거 없는 여유였다. 당장, 꼭 들러야 할 목적지들에 우선순위를 내어주다 보니, 카페로 향하는 마음은 번번이 '조금 있다가', '내일은 꼭'이라는 기약 없는 약속이 되고 말았다. 익숙한 동네 골목에서는 숨 쉬듯 당연했던 그 평범한 루틴이, 일분일초가 아쉬운 여행지에서는 오히려 가장 지키기 어려운 숙제가 되어버린 셈이다.

그러다 막 밤이 되어서야 비로소 마음이 들떠 올랐다. 이대로 그냥 갈 순 없다는 절박함에 다 꾸린 캐리어를 문 앞에 세워 두고 밖을 나섰다. 무심하게도 저녁 일곱 시를 향하는 시계를 보자, 생존 본능에 가까운 조바심이 몰려왔다. '딱 한 곳만이라도!'라는 심정으로 구글 지도를 켰지만, 독일의 동네 카페들은 약속이라도 한 듯 저녁 여덟 시면 문을 닫는다는 비보를 전해왔다. 이제 커피 한 잔은 낭만적인 여유가 아니었다.

제한 시간 60분 안에 클리어해야 하는 '타임 어택 미션'이 되고 말았다.

나는 거의 뛰다시피 골목을 가로지르기 시작했다. 눈동자엔 레이더를 켠 것처럼 카페 간판만을 찾아 분주히 사방을 훑으며 골목을 돌았다. 바로 그때, 운명처럼 희미하게 빛나는 'Cafe'라는 네 글자가 눈에 띄었다.

'됐어! 커피 운은 있네'

기분 좋은 설렘을 안고 힘있게 출입문을 열었다. 그런데 순간, 마치 필름이 멈춘 듯 실내를 가득 채운 시선들이 일제히 나를 향해 쏟아지는 게 아닌가. 이게 대체 무슨 상황인가 싶어 주위를 둘러보던 찰나였다. 그때 나를 발견한 주인장이 난처한 기색으로 조용히 고개를 가로저었다.

"닫았어요."

'이게 무슨 소리?', 순간 이해가 되지 않아 시계를 보았다. 시계 바늘은 7시 10분을 가리키고 있었다.

'아직 50분이나 남았는데? 더군다나 손님이 이렇게 많은데?'

내 표정을 읽었는지, 주인은 웃으며 덧붙였다.

"오늘은 동호회 모임이 있어서요."
그제야 테이블 위의 풍경이 눈에 들어왔다. 기타, 노트북, 공책, 그리고 반쯤 비워진 머그잔들. 그들은 이미 그들만의 세계에 빠져 있었다.

"아… 그렇군요."

나는 고개를 끄덕이며, 살금살금 조용히 후진했다. 문을 닫을 때 문 위에 달린 작은 종이 가볍게 울렸다. 그 소리가 왠지 내게 이렇게 말하는 듯했다.

"여유는 타이밍이에요, 손님."

맞는 말이다. 여유도, 행복도, 커피도 타이밍이다.

그렇게 첫 번째 시도가 실패로 끝나자 마음이 다급해졌다.

이제 내 안에서 요동치는 건 커피에 대한 갈증보다는, 어떻게든 이 마지막 미션을 클리어 해야겠다는 오기 섞인 본능뿐이었다. 발걸음은 이미 시내 중심을 향해 달음질하기 시작했다. 다행히 시내 골목에 들어서자 노란 가로등 불빛 사이로 환하게 새어 나오는 빛줄기 하나가 시선을 끌었다. 조심스레 문을 열고 들어서자 주인은 퇴근 준비 대신 반가운 미소로 나를 맞았다. 그 미소를 마주한 순간, 팽팽했던 긴장이 풀리며 나도 모르게 안도의 숨이 터져 나왔다.

'미션 클리어. 커피 마실 수 있어.'

가쁜 숨을 몰아쉬며 주문을 끝내자, 이내 김이 모락모락 오르는 커피 한 잔이 탁자 위에 놓였다. 그 따스한 온기를 두 손으로 감싸 쥔 채 유리창 너머로 저무는 밤을 바라보았다. 집을 나설 무렵 옅게 깔렸던 땅거미 위로 비가 내리기 시작하더니, 주변은 금세 어둠에 잠겼다.

카페 안은 저마다 다른 모습들로 채워져 있었다. 몸을 밀착한 채 낮은 목소리를 주고받는 연인들, 노트북과 책에 파묻혀 자신만의 세계에 몰입한 사람들, 그리고 헤드폰을 쓴 채 리듬에 몸을 맡긴 젊은 청춘까지. 그들의 여유를 가만히 눈에 담다 보니 문득 나지막한 혼잣말이 입가에 번졌다.

'참, 좋은 저녁이야.'

커피 한 모금을 들이켜자 그제야 유리창에 비친 내 모습이 선명하게 눈에 들어왔다. 희끗해진 머리칼과 눈가에 내려앉은 세월의 흔적 위로, 서른 무렵 이곳을 서성이던 젊은 날의 실루엣이 겹쳐 보였다.

서른의 나이에 아이 둘을 앞세우고 무작정 건너온 독일 땅.

                                          사이를 걷다

독일어라곤 괴테 하우스에서 배운 70시간이 전부였던 막막한 실력으로, 고국에서 보내오는 백만 원 '장학금'에 아르바이트를 보태며, 부족한 시간과 언어의 장벽 앞에서 바둥거리고, 좌절과 도전을 반복하며 불안한 눈빛으로 버텼던 나의 청춘을 그 창가에서 다시 만났다.

그때의 시간은 멀어진 과거가 아니라, 여전히 내 안 어딘가에 고스란히 남아 있었다. 잊혀지지 않는 소중한 추억으로.

지난 2주간 겹겹이 쌓인 그 시간의 흔적을 더듬으며 전보다 단단해진 오늘의 내가, 그때의 나를 가만히 안아주고 다독였다. 거친 숨을 몰아쉬며 달려온 과거의 나에게 건네는, 뒤늦은 다정한 위로였다.

이젠 해묵은 부채감을 벗었으니 이곳의 바닷바람과 나를 품어준 따스한 것들에게 작별을 고하려 한다.

내일이면 다시 '일상'이라는 이름의 여행을 시작하겠지만, 이젠 충분히 위로받고 또 위로했으니, 일상으로 돌아가 더 깊은 향기를 내련다. 이곳에서 채운 이 짙은 향기와 맛을 오래도록 기억하며. 잘 있거라, 나의 키일. 그리고 나의 청춘.

　재회와 작별을 갈무리하기엔, 카페의 폐점 시간까지 남은 몇 분이 못내 아쉽기만 하다. 이 짧은 찰나가 야속해서일까, 아니면 마지막 밤의 여유가 너무도 간절했던 탓일까. 잔 위로 천천히 퍼져나가는 커피 향은 평소보다 짙고, 커피 맛은 유독 깊다.

　충분히 누리기엔 부족한 시간, 하지만 역설적이게도 그 부족함 덕분에 나는 가장 여유 있게 커피를 마신다. 이 밤, 이 한 잔의 커피. 그리고 이 고요함을 마음속 깊이 새기면서.

도서출판 이비컴의 실용서 브랜드 **이비락**☺은 더불어 사는 삶에 긍정의 변화를
줄 유익한 책을 만들기 위해 노력합니다.

원고 및 기획안 문의 : bookbee@naver.com